SHANGHAI LITERATURE & ART PUBLISHING GROUP

故事会
精品系列

故事会®

谜案故事

上海锦绣文章出版社
上海故事会文化传媒有限公司

上海文艺出版（集团）有限公司
图书在版编目(CIP)数据
谜案故事 《故事会》编辑部编 - 上海：上海锦绣文章出版社
（故事会精品系列） ISBN 978-7-5321-1486-3
Ⅰ.①谜…Ⅱ.①故…Ⅲ.①故事 作品集 中国 当代 Ⅳ.I247.8
中国版本图书馆 CIP 数据核字(1999)第 39853 号
丛 书 名：故事会精品系列
书　　名：谜案故事
主　　编：何承伟
编　　委：何承伟　吴　伦　姚自豪　夏一鸣

责任编辑：刘迎曦　鲍　放
装帧设计：王　伟
责任督印：张　凯

出　　版：上海锦绣文章出版社
上海故事会文化传媒有限公司
POD 海外发行：中国图书进出口上海公司
电话：021-36357888
传真：021-36357896
地址：上海市虹口区广中路 88 号
邮编：200083

海外 POD 发行版本

STORIES
上海故事会文化传媒有限公司 出品（00246） www.storychina.cn

目　　录

死亡飞行

飞往纽约的一架波音飞机，从檀香山机场起飞后不到 20 分钟，机场就接到了一个恐吓电话。

电话里说："007 号情报员就在那架飞往纽约的波音飞机上，所以我们在机内藏了一枚特殊的炸弹。飞机起飞后十分钟，炸弹的定时开关就会自动打开，一旦到飞机降落到 2000 米高度的时候，因受气压的变化，炸弹就会自动爆炸。"

波音飞机上的机长接到机场传来的消息后，顿时惊呆了：现在飞机是在 10000 米的高空飞行，既然在 2000 米高空时会爆炸，那么这架飞机怎么着落？机油总要用完的呀！这真是一次死亡飞行。

机长只好把 007 请到驾驶室里商量对策，决定马上检查旅客的行李和机舱。可是查了很长时间,也没有发现那枚可怕的炸弹。

这时,飞机上的油越来越少了,大家焦急万分。

007 忽然有所领悟,对机长耳语一阵,只见机长一拉操作杆,让机头稍微转变航向,朝南飞行。

不多一会,飞机便逐渐下降,8000 米,6000 米,4000 米, 3000 米……飞机终于平安地在机场上着落。事后检查,果然在机尾发现了这枚特殊的炸弹。

你能猜出 007 想出的主意吗?

(小 河 编写)

谜底:

既然飞机降到2000米高度就会爆炸,那么只要选择一个高于2000米的地方着陆就安全了。于是飞机降落在海拔2200米至2300米高原上的墨西哥国际机场,终于化险为夷。

角落里的怪老人

在伦敦一家咖啡馆的角落里，常有一个奇怪的老人独自静坐，喝些牛奶或咖啡。

有个叫波莉的年轻女记者，经常把社会犯罪案件的消息告诉他，向他请教。这个老人尽管从未到过现场，但每次听波莉讲了案情以后，总能立刻说出案件的结果。时间长了，人们便尊敬地称他为“安乐椅侦探的始祖”。

一天晚上，有个小偷来到咖啡馆，在老板的账台前转了转，偷走了200镑现金。但小偷运气不好，刚走出咖啡馆十来步，就听到一阵吆喝声：“站住，你鬼鬼祟祟的干什么?”原来，小偷遇到了巡逻的警察。警察见他行动可疑，便把他带到了附近的警察局。

这时,咖啡馆的老板发现钱被偷了,也急急忙忙报案来了。于是,警察对小偷更怀疑了,对他进行了全身搜查。可奇怪的是,他身上根本没有200镑钱。证据不足,只好将他放了。

第二天,年轻的女记者把消息告诉了老人。老人一边听,一边从衣袋里掏出一根绳子,用他那瘦骨嶙峋的手指打奇怪的结,解开再打,反反复复,像是暗示着悬案的纠葛一样。

“你知道被小偷偷走的200镑钱是纸币还是硬币?”老人突然问道。

“听老板说,全是纸币。”

“那好吧,”老人说,“如果你想写独家新闻,你就去小偷住处附近盯梢他两天,到时,你一定会得到满意的结果。”

老人说完就走了。波莉根据老人所说的去做,果然发现了小偷的秘密。

这个秘密究竟是什么?老人是如何识破小偷的诡计的?

（小　河　编写）

谜底:

几天后，老人与波莉又在咖啡馆碰面了。波莉对老人说，“谢谢你帮我得到了独家新闻。我听了你的话，在他家附近守候。两天后，邮递员送来了一封很厚的信，于是我明白了小偷的诡计，立刻通知警察。我真不明白，你是从什么地方识破小偷的诡计的？”

老人回答说：“为什么小偷只偷纸币不偷硬币？从这一点我想到咖啡馆门前的那个邮筒，我想，小偷一定是利用这个邮筒，事先准备了写好自己姓名、地址并贴足邮票的信封，把偷来的钱放入信封内。那天，他是将钱丢进邮筒后，才被警察抓到的。”

见狗知人

梅格雷是巴黎司法界著名的警官。

一天，梅格雷在郊外办案时，看到一个长相凶恶的男人从一座房子的后门走了出来，感到十分可疑，便大声说：

“喂，请等一下，看你鬼鬼祟祟的模样，是不是干了不光彩的事？”

那人一惊，说道：“我是这房子的主人，你别胡说八道！”

这时，一条狗从后门跑了出来，站在那人的脚边，虎视眈眈地瞧着梅格雷。

那人摸着狗的头说：“玛丽是我们家的看门狗，别看它是条雌狗，可比雄狗还要凶，怎么样，你可以消除对我的怀疑了吧？”

这时，这条狗又对着梅格雷警官表示敌意地吠起来。那人喝道："玛丽！快闭嘴。"狗就乖乖地闭上嘴，跑到一旁抬起后脚撒起尿来。

梅格雷警官一看，冷冷地瞧了瞧那人，说："喂，看来没错，你就是小偷！"说完，就逮捕了那个男人。

梅格雷警官凭什么断定那人是小偷呢？

（小　河　编写）

谜底：

狗抬起后脚撒尿，使梅格雷警官发现了对方的真面目。因为抬起后脚撒尿的狗是雄狗，雌狗并不是这样。而那人称这条狗为雌狗，显然他不是这狗的主人。狗亲近他，是因为他进入房子之前，先给它吃过了食物。

窗户疑案

在一个雪花纷飞的冬夜,一家高级公寓 608 号房间的一个独身女郎被人杀死,直到第二天早上,警察才发现尸体。当警察走进房间,发现室内的炉子燃烧了一整夜,热得令人冒汗,电灯也是亮的,玻璃窗虽然关着,但窗帘只拉上了半边。经推测,警察认为该女郎大约是在昨晚 11 点左右被人杀害的。

这桩凶杀案马上惊动了四周的邻居。住在死者窗对面另外一幢公寓里的一个青年向警察报告说:"昨晚 11 点左右,我看到死者房间里有个男人,可能就是凶手。这人长着一头金发,戴着一副黑边眼镜,还留着大胡子。"

警察调查了死者的亲戚朋友后,果然找到了一个与这青年人的描述非常吻合的男子,便要将他逮捕。可这个涉嫌者声称自己是无辜的，并且聘请梅逊律师为他辩护。

梅逊律师了解了整个案子的过程，便在法庭上问目击者："你敢肯定地说，那天晚上，你是透过窗户看到了凶手吗？"

"当然。谁都知道，玻璃是透明的，而且窗帘又没有全部拉上，所以我十分清楚地看到了凶手的面孔，一点都不错。"

听了目击者的回答后，梅逊律师立刻说："在法庭上说谎，会构成伪证罪。我可以肯定地说，你才是真正的凶手，在杀人后，故意拉开窗帘逃走，然后假装从自己房间看到凶手，想把罪行转嫁给他人，可惜你忽视了一个很重要的现象。"说着，梅逊律师便一针见血地揭穿了这个目击者的谎话。

目击者一听，吓得面孔铁青，终于承认了自己的罪状。那么梅逊律师究竟根据什么发现目击者的证言是伪造的呢？

（小　河　编写）

谜底：

梅逊律师对凶手说："尽管外面下着大雪，但屋内却生着炉子，由于这些热气，窗上的玻璃肯定是模糊不清的。即使能看清人的轮廓，但绝不能看清头上的金发、黑边眼镜和蓄着的大胡子。你在杀人后没有关掉炉火，那是你的失败！"

遗产在哪里

范斯先生不仅是个著名侦探，而且还是一个很有素养的美术收藏家。

一天，有一个年轻的女郎来拜访他。

“范斯先生，我想请您帮助找回我伯父的遗产。”

“我很愿意，但您必须告诉我事情的经过。”

“我的伯父终生独居。他在病故前的一个月，把全部财产大约 10 万美元，存放在芝加哥银行的保险箱中，然后把保险箱的钥匙寄给我，并在遗嘱中说，要我在他死后自己去开保险箱。”

“当你打开保险箱时，发现里面是空的。是这么回事吗?”范斯先生问道。

“一点不错。里面除了这个信封以外，什么也没有。”年轻的女郎说着，从包里拿出一个信封，给范斯先生看。

这是一个很普通的信封，上面贴着两枚旧邮票，里面空空的，没有信纸。

范斯先生看了很长时间，然后问道："您的伯父也许很喜欢看侦探小说，是吗？"

"一点不错。"

"那么，我可以告诉您，10 万美元的遗产没有丢，就在这里。"范斯先生说着，把信封还给了女郎。

这只空信封怎么会值 10 万美元呢？

（小　河　编写）

谜底：

价值 10 万美元的遗产就是信封上贴着的邮票。因为范斯先生以他美术收藏家的眼光，认出了贴在信封上的两枚世上极其珍贵的旧邮票，它们本身就是一笔巨大的财产。

喇叭盗窃案

星期六晚上，一家乐器商店被盗，盗贼是砸碎了商店一扇门上的玻璃窗后，钻进店内的。他撬开3个钱箱，盗走1225克朗，又从陈列橱窗里拿了一只价值14000克朗的喇叭，放在普通喇叭盒里偷走了。

警方对现场进行了仔细调查，断定窃案是对乐器商店非常熟悉的人干的。警方把怀疑对象限在汉森、莱格和海德里三个少年学徒身上，认定他们三人中肯定有一个是罪犯。

三个少年被带到警官索伦森先生面前。桌子上放着三支笔和三张纸，索伦森对他们说：.“我请你们来，是想请你们和我合作，帮助我查出罪犯。现在请你们写一篇短文，你们先假设自己是窃贼，然后设法破门进入商店，偷些什么东西，采取什么措施来掩盖罪迹。好，开始吧，三十分钟后我收卷。”

半小时后，索伦森让他们停笔，并朗读自己的短文。

汉森极不情愿地读着：“星期六早晨，我对乐器店进行了仔细观察，发觉后院是最理想的下手地方。到了晚上，我打碎一扇边门的玻璃窗，爬了进去。我先找钱，然后从橱窗里拿了一个很值钱的喇叭，轻手轻脚地溜出了商店。”

轮到莱格：“我先用金钢刀在橱窗上剖个大洞，这样别人就不会想到是我干的。我也不会去撬三个钱箱，因为这会发出响声，我会去拿喇叭，把它装进盒子里，藏在大衣下面，这样不会引起人们的注意。”

最后是海德里：“深夜，我在暗处撬开商店边门，戴着手套偷抽斗里的钱，偷橱窗里的喇叭。我要用这钱买一副有毛衬里的真皮手套，等人们忘记这桩盗窃案后，我再出售这只珍贵的喇叭。”

索伦森听完，指着其中的一个说：“小家伙，告诉我，你为什么要干这种坏事？”那个少年惊恐万状。

这个少年是谁？索伦森凭什么识破了他？

（小　言　编译）

谜底：

罪犯是莱格，他暴露出喇叭是藏在盒子里偷走的，而且还知道店里有三个钱箱被撬。此外，他在短文里几乎所有的行动都跟实际发生的事实正好相反。

看不见的怪盗

在一个夏天的晚上，有一位太太到K先生的别墅来做客，她摘下自己的钻戒，放在三楼客厅的桌上，然后到隔壁的卫生间去洗澡。没料到出来后，放在桌上的钻戒不知被谁偷走了。

K先生马上找到当时名声很大的侦探波亚洛来破案。波亚洛长着一颗蛋形的秃脑袋，猫一样的眼睛，会发出绿色的光。他最得意的是自己有两道用蜡固定起来的八字胡子。当波亚洛来到别墅后，K先生对他说：

“波亚洛先生，这倒霉的事情在我家里已先后发生过两次了。当时客厅的门都锁着，窗口也没有任何可供爬上爬下的绳索。更奇怪的是，两次失窃以后，桌上都留下一根火柴。”

波亚洛听后问道：“你这别墅平时由谁看管？”

K 先生说："我这里有许多小动物，孔雀、猫头鹰、鹦鹉，以及许许多多热带产的珍奇鸟类，所有看管这别墅的事就由饲养这些小动物的管理员负责。"

"你能不能把留在桌上的火柴让我看看？"波亚洛问道。K 先生将火柴递给了他。波亚洛见火柴上有被咬过的齿痕，便捻着八字胡子说："失窃案的主谋肯定就是管理员！"

管理员是用什么计谋窃取钻戒的？现场留下的火柴又是怎么回事呢？

（小　河　编写）

谜底：

管理员是利用他饲养的猫头鹰偷取戒指的。猫头鹰在晚上也看得见东西，只要窗户开着，它就能自由出入。

火柴是管理员防止猫头鹰鸣叫而让它衔在嘴里的。管理员训练它，使它见到闪亮的戒指就丢掉火柴，火柴上的齿痕便由此而来。

雪夜杀人案

冬天的一个夜晚，快 7 点了，警察突然接到一个画家的电话。

"警官先生，当我离开家，到一百米外一个单身独居的年轻寡妇家借打电话时，发现这寡妇赤裸裸地躺在床上死了，你们快派人来调查这个案子！"

警官很快赶到现场。验尸结果，推定这个寡妇死亡的时间是当天下午 5 点前后。

这天，从天一亮就开始下雪，直到下午 4 点才停，雪积了 30 公分高，这寡妇的家就像被雪围住的密室。警官查看四周，除了画家去借打电话时留下的脚印外，没有任何痕迹。那么杀人凶手在 5 点钟的时候，是如何进入寡妇家，而又没有留下任何痕迹的呢？警官百思不得其解，只得请教被称为“解决密室诡计之谜的能手”大侦探亨利。

亨利是个肥胖的老绅士，光秃秃的头上没有几根毛，经常板着面孔，但一遇到有案件要搜查，立刻就会高兴得像小孩要出去玩一样。

亨利来到寡妇家，查看了现场后，便指着地上的脚印问画家：“这就是你当时来借打电话留下的脚印吗？”

“是的，”画家说，“要是你不信，我再走几步给你看看。”

说完，画家又踩着积雪走了起来，亨利也一本正经地仔细查看起来。看着，看着，突然他指着画家对警官说：“杀人凶手就是他！”

亨利凭什么说画家是凶手呢？

（小　河　编写）

谜底：

亨利说：“我的根据是：他的脚印太深。他的体重那么轻，而雪地上原先留下的脚印却和我这个庞然大物差不多，那么一定是他带着很重的东西到被害人家去的。据我测算，这画家的体重加上女人尸体的体重刚好和我差不多。所以，毫无疑问，杀人的凶手就是他。他是先把女人勒死后，才把尸体送回家的。”

你就是凶手

麦克·哈马是个强壮而勇猛的侦探,他的一言一行都流露出嫉恶如仇的正义感,所以很受大家的尊敬。

一天早上,麦克·哈马到饭店去拜访朋友杰克逊。因为昨夜杰克逊打电话告诉他说:"我被一件讨厌的纠纷牵连着,请你明天来商量一下,我住在908号房间。"

可是,当麦克·哈马敲开908房间时,开门的是一位光下巴的陌生男人,他感到十分惊讶。

陌生人说:"杰克逊住在隔壁907房间。因为有一帮流氓在追我,他们随时会杀死我,因此,昨夜我和杰克逊换了房间。"

麦克·哈马到907房间一看,门锁已被扭坏,留着长须的杰克逊被人用双手勒死在床上。

陌生男人歉意地说："一定是那流氓不知道我们换了房间，把杰克逊当作是我，把他杀死了。"

"胡说！杀人凶手不是流氓而是你！"麦克·哈马说着，挥手一拳击中了对方的面部。

麦克·哈马怎么知道陌生人就是凶手？

（小　河　编写）

谜底：

被害者杰克逊胡子长长地垂在颈前，而这陌生人根本就没有胡子，下巴光溜溜的。凶手即使不知道他们交换了房间，但潜入907室，双手去掐睡眠中的杰克逊时，定会触及他的胡子，在黑暗中也会知道弄错了对象。

男爵之死

1882 年，在英国南部海岸有个叫柯南道尔的年轻医生开业。但他的生意不好，加上有生病的妻子，生活十分清苦，于是，他开始了小说创作，用稿费来贴补自己的生活。他在作品中创造了名侦探福尔摩斯的形象，后来，不少读者都把福尔摩斯当作真实人物，经常写信给他，请求调查案件。

在英国，有个古怪的男爵，此人痴迷于印度的瑜珈术，他花钱买下了一幢旧的体育馆，并请来四个印度人，一起研究瑜珈术。

这一天，男爵对四个印度人说："我想单独在体育馆内修习瑜珈术，所以在两星期内你们谁也不要来打扰我。"说完，他带足食物走进了体育馆，并用锁把门锁住。

谁料到在两周后，这四个印度人来到“福尔摩斯”面前报案说：“男爵说他要修习瑜珈术，命令我们不可打扰他。可是过了两周还不出来，我们不放心，便爬上体育馆的屋顶，从天窗向内观看，发现男爵躺在床上一动不动，已经死了。可床边有很多食品，男爵会不会是绝食死的？”

福尔摩斯赶到现场，爬上屋顶，细细观察起来。天花板离地面约十五米，天窗锁着，上面嵌着铁方格，就是把玻璃拿掉，也无法潜入。再仔细朝地板上观察，发现积起灰尘的地面，有床位移动过的痕迹。福尔摩斯想了想，便问男爵夫人：“男爵是不是有恐高症？”

夫人马上点头说：“是的。一个大男人，只要一站到较高的地方，就会腿发抖，眼发黑，甚至头昏、恶心。”

福尔摩斯听她这样说，便通知警方：“快将那四个印度人逮住，是他们害死了男爵，想夺走他的财产，然后逃回印度。”

福尔摩斯说这番话的根据是什么？

（小　河　编写）

谜底：

四个印度人趁男爵在晚上熟睡后，从屋顶天窗的铁方格缝隙间放下四条有钩子的长绳，把床吊上去。男爵醒来后，发现自己的床升到半空，吓得缩成一团，不敢往下跳，最后活活地饿死。四个印度人见男爵已死，便把绳子松开，把床重新放回原处。但由于床腿位置的移动，使福尔摩斯发现了他们作案的经过。

热过的冷尸体

一个寒冷的冬天，一位带着听诊器、体温计和常用药品出诊包出门应诊的医生，在伦敦郊外被一辆疾驰而来的四轮马车撞死了。

马车夫见闯了祸，赶紧把医生的尸体连同出诊用的皮包抱上马车，运回自己家里，藏在一个储藏室内，而后用两只火炉烘烤。医生的尸体在高达42℃以上高温下烘烤了一天一夜，到了第二天晚上，马车夫再用马车把尸体运到很远的地方，抛到池塘里。

马车夫认为尸体经过长时间的烘烤定会发生变化，这样即使警察调查时，也难准确断定医生死亡的时间，他便可以逍遥法外了。

被马车夫抛入池塘的尸体，在第二天一早就被人发现，并连同出诊包一起被捞上了岸。

侦探桑戴克来到了现场。这位侦探虽然不及福尔摩斯那样有名，但他注重科学实验，被认为是现代科学侦查的奠基人。他检查了湿淋淋的尸体及出诊包后，立刻指出："这具尸体在被抛入池塘前，曾经过42℃以上高温的烘烤。所以推算死者死亡的时间，必须把这一点包括在内。"

尸体未经解剖，桑戴克又不知道马车夫的所为，他究竟是从什么地方看出尸体是经过高温烘烤过的呢？

（小　河　编写）

谜底：

桑戴克在检查出诊包时，看到包中体温计上显示的温度超过42℃，便引起了他的怀疑。因为体温计的水银柱一旦上升到42℃以后，即使再予以冷却，也不会下降，除非用力摔动。

另外，被害的医生如果是在量过病人的体温后就把体温计放入包里，水银柱也不会超过42℃。因为病人如体温升到42℃时，已经死了。

看不见的凶器

你知道世界侦探小说史上所塑造的第一个侦探形象是谁吗？他就是美国作家爱伦·坡在1841年创作的《弃尸街凶案》中的奥古斯都·杜邦。

杜邦出生于法国贵族，后来家境日益破落，靠些许遗产勉强度日。他喜爱读书，尤其酷爱梦幻的世界，即使在白天，也会紧闭窗门，点燃蜡烛，在神秘的烛光下阅读或冥想。

一天，弃尸街发生了一起奇怪的杀人案，引起了杜邦的浓厚兴趣，他找来有关报道，细细读了起来。

案发的经过是这样的：

初春的一个午后，伯爵的女儿在二楼客厅大立钟旁边一张长沙发上睡觉，凶手悄悄潜入屋内，用顶端尖锐的凶器刺进了她的喉部。但在凶手刚想离开客厅时，男管家来了，凶手被抓获。可是搜查凶手全身，并没有发现携带的凶器；在室内找了半天，也没有发现任何可以行凶的物件；正在院子里修剪花草的园丁，证实二楼客厅的窗户没有打开过，因此，凶器不可能丢出屋外。

那么，凶手究竟用什么杀人？凶器又藏在哪里呢？

杜邦盯着报上刊登的凶杀案现场概图沉思起来，突然大叫道："凶器就在面前！"

你知道杜邦指的凶器是什么吗？

（小　河　编写）

谜底：

凶器是那个大立钟的长针。凶手拿它行凶后，揩拭干净放回原处。杜邦在破案后说，平时看惯了的东西，往往容易被人疏忽，从而会陷入心理上的"盲点"，那就像踏入迷宫一般。

穿睡衣的女人

葛顿为了一个学生的事上门去拜访黛妮，他按了一下门铃，没有人理会。

黛妮的门上装的是自动锁，一旦关上，除非有钥匙，否则外面人是根本进不去的。葛顿感到奇怪，便请管理员把门打开。

他进去一看，见黛妮穿着睡衣，胸部被人刺了一刀，死在地上。经推测，死亡时间大约在昨夜9点前后。

经调查，昨夜9点前后有两个人来找过黛妮小姐，一个是她的情人，一个是她的学生。这个学生是当地的流氓。

在询问这两个可疑分子时，他们都说自己按了门铃，见里面没人答应，以为黛妮不在家，都没有进去。

听了他们的诉说，葛顿想起黛妮小姐的房门上有个小小的窥视窗，于是他立刻认准了谁是真正的凶手。

这两个涉嫌者中究竟谁是凶手？根据又是什么呢？

（小　河　编写）

谜底：

凶手是黛妮小姐的情人。因为黛妮小姐是穿着睡衣被人杀死的，她家门上有个窥视窗，门铃响时，她必定先看看来人是谁。如果是那个学生，她必定不会穿着睡衣迎客；只有看到自己的情人，才会穿着睡衣让他进来。

智识凶手性别

英国时装模特儿 S 小姐不仅是个同性恋者，而且她和男人们也经常谈情说爱。

一个星期天的上午，有人发现她死在公寓的卫生间里。从现场来看，她是被人用可乐瓶击中头部致死的，死亡时间推断是当天上午七点。

据隔壁邻居反映，从昨天晚上起，就有人到 S 小姐房里玩，今天一早听到争吵声，但听不清是男人还是女人的声音。再看看她房里的双人床上有睡过的痕迹，床单有些皱痕。

警员看了这些情况后说："看样子，她是和昨夜在这里过夜的人吵架，被那人打死的。可是这位小姐的情人有男有女，看来这两方面的人都得查一查。"

谁知这位警员的话音刚落，正在卫生间检查的一位名叫罗勃的警官，指着盖子和坐垫都翻在上面的抽水马桶，说：“你再看一眼现场，就知道凶手是男是女了。我看你根本没有资格当警员！”

你能猜出罗勃警官究竟是从什么地方判断出凶手的性别的？

（小　河　编写）

谜底：

罗勃指着卫生间里盖子和坐垫都翻在上面的抽水马桶说：“使用抽水马桶不必用坐垫的当然是男人。所以，凶手肯定是S小姐的男性情人。”

离奇的敲诈案

上午 9 点 20 分，米西尔刚走进办公室，电话铃声就响个不停，他拿起话筒一听，“约翰、约翰……”话筒里传来妻子狄娜的抽泣声。这时，话筒里又传出一个男子故意变调的声音：“米西尔，要是你不想伤害你太太的话，就拿出两万英镑。10 点 15 分，有个叫威克思的来找你，把钱交给他，就没你的事了。否则，你的妻子……”说到这里，“咔嚓”一声电话挂断了。

妻子的抽泣声一直萦绕在米西尔的耳边，好像鞭子抽打着他。他忙离开办公室，走进一家百货商店，买了一只蓝色的小皮箱，然后上银行取出两万英镑，回到了办公室。到了 10 点 15 分，一个男子走进办公室，两只蓝眼睛像狼眼，凶狠地盯住米西尔，说：“我叫威克思，快把钱给我！”“我的妻子怎么样了？”米西尔试探地询问道。“她活着，你想报告警察也可以，不过那样的话，”说到这里，威克思眼露杀机，逼视着米西尔，“你的妻子就没命了！”

威克思一离开，米西尔便往家里挂电话，可是怎么拨也打不通。“妻子会不会……”他急疯了，横下心给警察局报案，随后冲下楼，坐上汽车，火速开往家里。当他好不容易赶到家中的时候，看到狄娜平安无事，正与赶来的警官在交谈。

“哦，米西尔先生，您太太已把事情经过全告诉我了，什么一个男人和一个您给那人的那只装钱的蓝色皮箱，但她怎么也讲不清。现在请您详细讲一讲，到您办公室去的那个男子的外貌特征，以及您给他的那只装钱的皮箱是什么样子。”米西尔忙把事情的经过从头至尾、原原本本地叙述了一遍。

半夜三更，夜深人静，米西尔和妻子狄娜一边喝酒，一边亲切地交谈着。喝着，说着，突然米西尔“呼”地从椅子上弹了起来，给警察局打电话。“约翰，怎么啦，你发现了什么新线索？”米西尔的脸变得铁青，说：“是的，我请他们来审问你！”狄娜大吃一惊：“我？亲爱的，你喝多了！”“别演戏了！我现在非常清醒，你和那个叫威克思的家伙串通一气来敲诈我。”米西尔怒不可遏地叫道。

果然，在警官的审问下，狄娜只好交代了实情。

米西尔是怎么知道狄娜串通威克思来敲诈他的呢？

（一　言　编译）

谜底：

米西尔自从电话里得知狄娜的消息后，再也没有和狄娜通过电话，而狄娜却知道他用新买的蓝色皮箱装钱给了威克思，显然她是从威克思处获悉的。结论非常清楚：狄娜与威克思合谋敲诈米西尔。

旅馆幽灵

皇家大旅馆经理贝克斯刚要下班回家，襄理苏顿匆匆走进他的办公室，向他汇报说："刚接警方通知，'旅馆幽灵'已经来到本市，也可能住进我们的旅馆，让我们提高警惕。"贝克斯一惊："这位幽灵有什么特征？"苏顿说："据国际刑警组织掌握的材料是这样的：他身高在1米62到1米68之间；惯用的伎俩是不付账突然失踪，紧接着旅客报案大量钱财失窃；经常化名和化装。"

贝克斯摇摇头，说："够吓人的！我们怎么办？如果窃贼真的住在我们旅馆里的话，你要多加防范。昨天电影明星格兰包了一个大套间，她戴了那么多钻戒，肯定会是个目标。大后天早晨还有8位阿拉伯酋长来住宿，你派人日夜监视，千万别出差错。""是的，我已经采取了措施。根据国际刑警组织提供的报告,我们旅馆有 4 个单身旅客,身高都在 1 米 62 到 1 米 68 之间。第一个是从耶路撒冷来的斯坦纳先生,经营水果生意;第 2 个是从伦敦来的勃兰克先生,行踪有些诡秘;第三个是从科隆来的企业家比尔曼;第四个是从里斯本来的曼纽尔,身份不明。”“这么说,其中每个人都有可能是旅馆幽灵?”“可能,但您放心,我一定不让窃贼在这儿得手。”襄理苏顿胸有成竹地答道。

过了两天,第三天上午,8 位阿拉伯酋长住进旅馆。苏顿在离服务台不远的地方值勤,暗中观察来往旅客。只见斯坦纳先生从楼上走到大厅口,在沙发上坐下,取出放大镜,照旧读他从耶路撒冷带来的《希伯来日报》。10 点,勃兰克和曼纽尔相继离开了旅馆。到了 10 点 10 分,电影明星格兰小姐发现她的手镯、珠宝都不见了。

苏顿顿时紧张起来,一边向警察局报案,一边在思考谁是窃贼。这时,他又把眼光落在斯坦纳身上。斯坦纳好像根本不知发生了什么事,仍正襟危坐,聚精会神地借助放大镜看他的报纸,从左到右一行一行往下移。突然,苏顿眼睛一亮,忙把斯坦纳请到了保卫部门。

一审讯,果然是斯坦纳作的案。苏顿是怎样看出斯坦纳的破绽的?

（一　言　编译）

谜底:

斯坦纳在看《希伯来日报》,其实他根本不懂希伯来文。希伯来文与阿拉伯文一样,是从右向左书写的,而他却是从左到右一行一行地往下看,从而露出破绽。

巧妙的伪装

安妮小姐是个漂亮、聪明的姑娘，她是一家很有名气的超级市场的职员。

一天下午，安妮小姐正在31号收款台值班，一对上了年纪的夫妇步履艰难地缓缓朝她走来。身穿做工考究的外套的那位老妇人，曲背，拄着手杖，走四五步就停下喘喘气，她身旁的一位男子边扶着老妇人，边推着一辆购货车，看上去他很担心他的妻子，生怕她随时会倒下来。

老两口一趟一跌地走到收款台，男子把购货车里的商品一一拿出来，给安妮算账。1包苹果，2瓶洗发膏，3包火柴，5本杂志，1条丝围巾和2听罐头，此外还有一只蓝色热水瓶。

安妮拎着热水瓶想看看价目标签，男子急忙摆手，解释道：

“小姐，对不起，这不是在这儿买的，是我们随身带的。瓶里装的是清咖啡，我妻子每20分钟要吃一片药，遵医嘱用清咖啡服药，而我们在超级市场至少要兜40分钟，所以就带了进来。”老妇人想对安妮笑笑表示歉意，但她难以传情，似乎深受疾病的折磨，痛得扭歪了脸。她丈夫看到安妮脸上仍有些将信将疑的表情时，便旋开瓶盖，顿时空气里飘逸着诱人的咖啡香。

安妮扫了这瓶满满的咖啡一眼，刹那间，她觉得很过意不去，便对老妇人彬彬有礼地鞠了一躬。

过了一会儿，安妮正准备接待下一位顾客时，一个寒颤，顿觉全身发热。她急忙抓起内线电话，向超级市场安全部部长特斯姆汇报了情况。

2分钟后，那对亦步亦趋的老夫妇还没有走到停车场，就被扣留了。经检查，热水瓶的清咖啡里藏有偷来的价值600英镑的珠宝。

请问，安妮凭什么发觉这对老夫妇是不该怜悯的窃贼？

（一　言　编译）

谜底：

男子对安妮说：“瓶里装的是清咖啡，我妻子每20分钟要吃一片药，遵医嘱用清咖啡服药，而我们在超级市场至少要兜40分钟……”如是，老妇人应用瓶内清咖啡吞服药片两次。然而安妮小姐看到的却是满满的一瓶清咖啡，由此生疑，窃贼暴露了真面目。

深夜黑影

拉克斯通摩托车大奖赛是英国最引人注目的比赛。经过几天激烈预赛,夺魁呼声最高的是开麦基和乔纳费希摩托车队。

决赛前夕,整个营区暗夜笼罩,只有四个摩托车队的营地里还透出暗淡的灯光。他们是紧挨在一起的格拉迪科队、开麦基队、苏扎基队和在他们上游处、相距200米的乔纳费希队。就在这时,一个黑影窜进开麦基队的车库里,不一会儿,一声脆亮的金属落地声惊醒了开麦基队的汤姆。他蹑手蹑脚刚要去察看,只见那黑影从通风管口爬出,眨眼工夫直奔河边,等汤姆赶到时,黑影早就无影无踪了。不过汤姆还是有收获的,在通风管口捡到一块黄色的碎布片。

半小时后,警长莫里斯赶到现场。他召来四个车队的队长,指着黄布碎片对格拉迪科队队长说："这是从你们车队的人穿的工装裤上撕下来的，这不会错吧？"格拉迪科队队长点点头，说："这里一定有鬼，前几天我们多余的工装裤全给偷了。"

正说着，从门外走进一个瘦个子，他左手提着各种渔具，右手胳膊上挂着一捆湿淋淋的东西，说："我有东西要交给莫里斯警长。"莫里斯接过来，打开一看，是一条黄色工装裤，裤腿上有一个破洞，与那块碎片正好吻合。"先生，你是从哪儿弄来的？"莫里斯问道。"我是乔纳费希队的杰克，我在靠近我们队营地的河边钓鱼时拾到的。""什么时候？"那人想了想，说："15分钟前，我正要甩鱼钩时，忽然看见这玩意儿从开麦基队营地方向漂来。"

格拉迪科队队长一听，说："明显的栽赃，这是开麦基队惯用的手法！"开麦基队队长气得满脸通红，说："我们疯了？自己给自己拆台？"

莫里斯警长制止了他们的争吵，说："罪犯就在我们中间，我已经发现了他。"说完，犀利的目光直朝他射去。那人无可奈何地低下了头。

你知道罪犯是谁吗？

（一　言　编译）

谜底：

罪犯是乔纳费希队队长。他们的营地处在开麦基队营地的上游，在乔纳费希队营地河边钓鱼的杰克却说工装裤是从开麦基队营地方向漂来的。扔在河里的东西哪有逆水漂流的道理？

奇怪的目击者

深秋的夜晚，歹徒们把皇冠大街的路灯全弄灭，随后撬门钻入金网球俱乐部，把俱乐部里珍贵的奖杯、奖品以及球拍等值钱的东西席卷一空。负责破此大案的霍克探长正苦于没有任何线索，这时有一个抱着毛茸茸的小猎狗的中年男子来找探长，说他目睹了一切。

霍尔探长朝他点点头，请他把看到的一切讲一遍。

“情况是这样的。午夜刚过，我的‘拿破仑’——”他指指膝上的小猎狗，“呜呜直叫，吵得我不能安睡，我不得不带它出去溜达。当我们走到皇冠大街时，前面黑乎乎的，我继续往前走……刚要转到爱神街时，发现一辆卡车停在俱乐部门前——”

“离你多远？”霍尔探长打断了他的叙述。

目击者回忆了一下，回答道：“约 300 米，可以肯定，不会近于 300 米的。我看到两个男子把许多东西从俱乐部里往外搬，放在卡车上，装满一车后连车灯都没有打开，就悄悄开走了。”说完，他从口袋里取出一张纸片，“这是卡车的车牌号，我当时记下的，我想对你们破案会有用处的。”

霍尔探长点点头，用一种令人捉摸不透的古怪神色，看看小猎狗，又看看目击者，随后他转身对副手说：“塞克，今晚这儿有空房间吗？”“有。”塞克奇怪地瞧了瞧霍尔探长。“那好，你可以把目击者和他的‘拿破仑’关起来。不要怠慢这条小狗，给它喂点水，不管怎么说，狗是没有错的，而它的主人可是个非同寻常的见证人。”

目击者一听，顿时跳了起来：“你……你这是什么意思？”

霍尔探长笑笑说：“不管你是在瞎编，还是存心把我们引入歧途，你都不是一个好人。”

霍尔探长为什么这么说？

（一　言　编译）

谜底：

人的视力不可能看清 300 米之外的物体。目击者居然有一双猫头鹰样的眼睛，在“黑乎乎”的夜晚，能看清 300 米外卡车上的车牌号码，而且卡车当时没有亮灯。霍尔探长一下子就抓住了这一破绽，从而识破了目击者的诡计。

爱听音乐的强盗

芝加哥国家银行四天前被盗，50 万美元落入盗贼手中。根据当地警察的报告，罪犯作案后开着一辆绿色篷车直奔迈阿密。

现在，迈阿密的警察发现了那辆车子，马上截住了它的主人麦奎尔。

这辆篷车相当漂亮，车上还装有收音机。海尔丁博士打开开关，收音机里除了传出嘈杂的静电干扰声，什么也没有。海尔丁博士看了调频指针所指的频率，然后把它调到了迈阿密电台的频率上，清晰的音乐声马上传了出来。

“你总是把收音机开得这么响么？”他问。

“我愿怎么响就怎么响，这是我的车，是我的收音机。”这位看上去皮肤苍白、面无血色的年轻人敌视地回答。

坐在他旁边的是一个叫加尔的当地人，他发誓说，麦奎尔和他两个人已在迈阿密住了两个月，他们是来海滨度假的，所以麦奎尔不可能四天前在芝加哥作案。

“你喜欢流行音乐？”海尔丁博士问。

麦奎尔一听，顿时来了兴趣：“我喜欢音乐，音乐是我的第二生命，我一刻不听，就觉得生活无味。”

“这就对了，”海尔丁博士说，“可惜这儿收不到芝加哥电台的广播，不然现在也许正好是播放你喜欢的流行音乐节目时间呢，两位先生还是请下来听吧！”

海尔丁博士凭什么认为麦奎尔就是四天前芝加哥国家银行50万美金的盗贼？

（陆　沁　编译）

谜底：

麦奎尔车上收音机的频率指针指在芝加哥电台上，还没有调到迈阿密电台，而加尔和麦奎尔却谎称他们在迈阿密已经住了两个月。

强身法宝

一天,英国商人蒂尔福领着一个健壮结实的年轻人走进海尔丁博士的房间。只见这个年轻人穿着一件平整合体的衣服,虽然很旧,倒还清洁,只是有的地方已磨破了,左脚的鞋子也有了个大洞。

蒂尔福对海尔丁博士介绍说:“见见肯特先生吧,他发明的强身法宝可以使人很快地强壮有力!”

蒂尔福说完,肯特马上扑在地板上,一起一伏地做起俯卧撑来了,随后又脱光上衣,向海尔丁博士展示他身上大块大块令人羡慕的肌肉。

蒂尔福继续向海尔丁博士介绍说:“你能相信他在七个月里就长了这么一身硬邦邦的肌肉,体重增加了七十磅么?这可不是天方夜谭。他发现了一个秘密，一种高蛋白食品配方，如果再加上适当的运动……”

“你们还需要一笔钱来推销这个配方，对吧？”海尔丁博士沉思着说。

蒂尔福叹了口气：“正是这样。你看看，肯特把他的全部家当都用在试验他的秘密配方上了。瞧，他的外套都是两年前买的，皮鞋也早已不能穿了。而我，说实话，现在也没钱，不然我早就掏钱帮他了。我们只需要一万五千英镑，而你会从中发大财的！”

海尔丁博士摇摇头：“我这辈子还不想花钱买谎言。”

为什么海尔丁博士不信蒂尔福的话？

（陆　沁　编译）

谜底：

蒂尔福说肯特的外套是“两年前买的”，可现在还很“合体”，而他的体重却在七个月里增加了七十磅，这是不可能的！

反锁了的酒窖

波衣德先生一向都是乘星期五上午9点53分的快车离开他工作的城市，在正好两个小时后到达他郊外的住宅。可是有一个星期五，他突然改变了他的习惯，在没有通知任何人的情况下，他坐上了那天夜里的火车。

回到家里已近午夜零点，他听见他的秘书阿必特正在地下室的酒窖里喊“救命”，波衣德砸开门，将秘书放了出来。

“波衣德先生，您总算回来了！”阿必特说道，“一群强盗抢了您的钱。我听见他们说要赶在今天午夜零点的火车回纽约市去，现在还剩几分钟，怕来不及了！”

波衣德一听钱被盗走，焦急万分，便请海尔丁博士来调查此事。

海尔丁博士找到阿必特，问："你是说几个强盗用枪抵着你，逼你打开保险柜？"

"是的，"阿必特答道，"然后他们又逼我服下了一粒药片——大概安眠药之类的东西。我醒来时，正赶上波衣德先生下班回来。"

海尔丁博士检查了酒窖。这是个并不很大的地窖，四周无窗，门可以在外面锁上，里面只有一盏40瓦的灯泡，发出不太明亮的光，但足以照明用了。

海尔丁博士在酒窖里找到了一块老式机械表，他问阿必特："发生抢劫时，你戴着这块表么？"

"呃，是——是的。"秘书回答。

"那么请你跟我们好好说说，你把钱藏在哪儿了？你和那些强盗是一伙的！"

阿必特一听，顿时瘫倒在地

海尔丁博士是根据什么作出如此判断的？

（陆　沁　编译）

谜底：

由于酒窖四周无窗，阿必特若真的失去知觉，醒来后就无法知道外面是白天还是黑夜。就是有老式手表，他也无法知道到底当时是近中午十二点还是夜里十二点。而按照波衣德平时的习惯，总是在中午十二点左右到家的，这样阿必特听到波衣德回来时就会以为是中午，而不会催波衣德到车站去追赶午夜列车的盗匪了。

冠军的秘密

海尔丁博士一次在美国南部旅游时，来到一个村庄。当时村民们正在庆祝丰收，再过一会儿，庆祝活动就要进入高潮，那就是激动人心的26英里长跑比赛。可是不知为什么，海尔丁博士发现人们的脸色都那么阴沉，似乎不太高兴。于是他找到了负责这次比赛的唯一一名裁判，询问原因。

裁判说道："这个村子每年都举行一次长跑比赛，冠军可获一千美元的奖金。老村长死后，他的儿子当了头儿。他让他自己的儿子乔安参加比赛。从那以后，乔安每年都拿冠军，一千美元的奖金也总是落到了他的手中。村长给长跑定了新规定：运动员们不是一起出发，而是每隔五分钟起跑一个，穿进那边的森林，在那儿转个圈，然后再跑出森林，回到原先的起跑线上。而乔安总是第一个跑，我肯定乔安只是跑进森林后就躲在里面，等到差不多的时候再跑出来而已。你知道，这场比赛就我一个裁判，我是从另一个村子被喊来的，我不怕这儿的村长，我想揭穿乔安的把戏，但没人帮我的忙，这儿的村民都敢怒不敢言。村长还命令不许任何人跟在运动员后面，而且，如果村民们不参加比赛，村长就威胁说要增加捐税。”

听完裁判一席话，海尔丁博士说道：“你没必要请谁来帮忙，你只需要一卷皮尺，就足够揭穿村长的诡计。”

裁判听从了海尔丁博士的建议，果然揭穿了村长的真面目。

海尔丁博士是怎样揭穿村长诡计的呢？

（陆　沁　编译）

谜底：

比赛开始时先用皮尺量一下乔安的小腿肚，然后在比赛结束时再量一下。因为在跑完26英里后，运动员小腿肚的周长大约会增加1英寸左右。

停电奇案

透纳打开电冰箱的门，拉出一只冰盒。烛光中，海尔丁博士看到他往威士忌苏打中加冰块的手在发颤。

海尔丁博士知道这位年轻的小说家为何手会发颤，因为他们刚从密室出来，透纳的女管家露西死在里面，脖子断了。

"我以为她是个盗贼，"透纳一面喝着冰镇威士忌苏打，一边说，"自打四天前发电机坏了之后，我这儿一切电源都断了。我一个人住在这里想好好完成我的一篇小说。我喜欢晚上工作，因为没电，所以只好暂时搬到城里去住。就在两小时前——午夜刚过——我回到这儿想取几份手稿，就在放下电筒去开写字台抽斗时，露西跳到我的身后。我现在猜想，她也许以为我是个贼。她学过柔道，出手凶狠，黑暗中我以为袭击我的是个男人。

我击中了她,她倒在壁炉边扭断了脖子。我听说过你,所以就打电话请你来了。”

“为什么?”大侦探海尔丁博士说道,“如果你把我找来是想让我相信你编的故事,那么在警察审问你之前,你最好再把它重新编一下。”

这是怎么回事?海尔丁博士凭什么断定透纳在撒谎?

（陆 沁 编译）

谜底:

如果停电停了四天,那么冰箱里的冰块早就化成水了。

午夜来客

海尔丁博士回到他旅馆大楼的小房间时，已是午夜。他打开门，按亮电灯，发现屋里有个人正拿枪对着他——那人正是警察在搜捕的杀人犯，外号“狐狸”。

海尔丁博士一边关好门，一边很吃惊地说：“你怎么会进来的？——啊，我明白了，这是这个月里第二次有人从窗外那个该死的阳台爬进我的房间了！”

狐狸显得莫名其妙：“什么阳台？不，我有万能钥匙。我从没知道你这儿还有个什么阳台，也许万一出什么事，它还可以救我一命。”

“那不是我的阳台。我这房间除了门，就是那扇窗。可我隔壁的大房间有个阳台，刚好伸到这房间的窗下，上次有个家伙从我隔壁房间里走到阳台上，然后从窗台进入这个房间，偷我的文件。我几次找这儿管理的家伙，要他们把那阳台弄掉，可一直没见人来弄。”

这时，有人敲门。

“谁？谁在敲门？”狐狸低声问。

“警察。我被保护起来了，每隔一会儿他就要来一次。他们一定发现了什么可疑情况。”

门外敲门声很急，只听有人在喊：“海尔丁先生！海尔丁先生！”

狐狸马上冲到窗边，朝窗外伸出一只脚，又回过头来用枪对着海尔丁博士，说：“快把他们支走，我在阳台上等着，我还有笔生意要和你谈。”说着他把另一只脚也伸了出去，然后往下一跳。

外面漆黑的夜空里传来一声尖叫。

海尔丁博士打开门，进来的是旅馆服务员：“先生，这是您刚才要的咖啡。对不起，您这儿发生了什么事？”

“是的，狐狸在这儿。”

“那个杀人犯？”

“噢，别害怕，他不会再来了。”

海尔丁博士这话是什么意思？

（陆　沁　编译）

谜底：

这个房间的窗外根本没有阳台，杀人犯已跳下楼，死了。

尖叫的猫

雨已下了三个来小时了，一直不肯停下来，海尔丁博士敲开了詹姆斯·麦克诺蒂家的门。

"我很抱歉来打扰你，可你的一个邻居报告说，大约十分钟前，她听到你屋里传出一声不寻常的尖叫声，所以我来看看。"

"你肯定弄错了，"麦克诺蒂有些恼怒地说，"可——可还是进来吧。"

海尔丁博士走进了麦克诺蒂明亮而舒适的房间。

麦克诺蒂在一旁说道："我敢打赌，是哈特费德太太报告的。她和她的好几只猫一道住在我的隔壁。我 10 分钟前开车回来时，发现她的一只大灰猫趴在我家门口，我当时很累，浑身湿漉漉的，没什么兴致，所以就踢了它一脚，也许踢得太重了，所以它尖叫了一声。”

“你的车停在后院么?”海尔丁博士问。

“是的,我没有车库,只好停在露天了。”

海尔丁博士走进院子,来到那辆车子旁,仔细打量了一下,突然,他低声咕哝了一句:“在这儿哪,这只猫。”原来,那只大灰猫正躲在车底下那一小块干燥的砂砾地上睡觉呢。

海尔丁博士猛地伸手把它逮住了。他一边抱着它回到屋里,一边问麦克诺蒂:“你一个人住这儿么?”

“和我妻子,先生。”麦克诺蒂紧张地答道。“但愿她没什么事。”

海尔丁博士说:“如果真有一声尖叫的话,我可不相信那是这只猫叫的!”

为什么?

(陆　沁　编译)

谜底:

如果麦克诺蒂十分钟前才开车回家,那么停在院子里的车子底下那块砂砾地就不可能是干燥的。说明他三个小时内根本没有出去。

机场谋杀案

这是件凶杀案，一个外交官在机场被刺，嫌疑犯麦卡锡被捕。

审讯记录送到海尔丁博士手里，博士便认认真真地读了起来：

“星期一上午八点左右，你在飞机场的咖啡厅里喝咖啡?”

“是的。”

“你没看见当时和你隔开一个过道、相距不过五英尺远的那个人被用刀刺死?”

“没有看见。我当时正在读当天的晨报。”

“咖啡厅的收款员可记得你。你当时显得很匆忙，你给了她一张大钞票，却没等找零就要走。”

“我得赶飞机。”

“你注意了时间，却没注意到你边上的人胸口上插了把刀子？”

“我也许看到了他，但我没正眼仔细瞧过。”

“你没听见他要了几个鸡蛋和咖啡？”

“也许，我记不得了。晨报上‘周末文艺’栏里登了篇精彩的侦探小说故事，我被吸引住了。等我读完，发现洛杉矶的飞机马上就要起飞了。”

……

海尔丁博士读到这儿，不由冷笑了一声：“嘿，说谎是要受惩罚的！”显然，他看出了罪犯的供词里有破绽。

你能看出来么？

（陆　沁　编译）

谜底：

星期一的晨报上，是绝对不会有“周末文艺”这个栏目的。

不速之客

海尔丁博士在一家旅馆住了下来。

洗完澡，他给服务员打了个电话，请他们给他送份华盛顿邮报和一杯咖啡来。

不一会儿，就有人来敲门。

“噢，真快。请等一下。”海尔丁博士过去开了门。

“早上好，先生！这是你的早餐。”一位服务员站在门口。

“可我没要早餐呀，”海尔丁博士说，“你大概弄错了，我只要了一杯咖啡。这儿是 321 号房间。”

“噢，对不起，应该是 327 号房间。打扰了，真对不起。”服务员关上门走了。

不一会儿，又是敲门声。

“请进!”海尔丁博士想:这回该是我的咖啡来了。

一个男人走了进来:“噢,你在这儿干什么?”

“什么?”海尔丁博士惊讶而且有些气愤,“你怎么在我房间里这样说话?你是谁?”

那个男人也不甘示弱:“你在我房间里干什么?你怎么进来的?”

“这是我的房间。”海尔丁博士说道,“321 号。”

“321 号?”那男的看了看门牌,“天哪,我真的不知该说什么好,我弄错了,真抱歉。”

“没关系。”海尔丁等他出去,关上了门。

又有人敲门。

“请进!”

进来的是个女服务员,说道:“早上好,先生!这是你要的咖啡和报纸。”

正在这时,只听门外走廊里有人在喊:“我的钻石项链丢了!”

海尔丁博士马上冲出门去,大叫:“快,抓住那个人!”

博士要抓谁?为什么?

(陆 沁 编译)

谜底:

海尔丁博士要抓第二个进他房间的男人。因为如果这个男人认为这是他自己的房间,那么进来时是不会敲门的。

真假新娘

西德珠宝商康拉德·布朗斯刚到美国不久，就在他的旅馆房间里被杀了，他的一大笔遗产，将转入他的到美国来之前刚刚悄悄结婚的新娘手中。

据布朗斯在美国的一个朋友说，布朗斯和他的新娘在德国按德国风俗举行婚礼之后，布朗斯只身先到了美国，而他的新娘将在一星期后抵达纽约，和他相会。除了知道这个新娘是个钢琴教师外，别的都不清楚。

现在新娘来了——不是一个，而是两个！她们都有一切必要的证明，表明自己是布朗斯的新娘，而且对布朗斯也都很了解。那么，两个人中谁真谁假呢？

在布朗斯先生那位美国朋友的家里，海尔丁博士见到了那两位新娘，一位肤色白皙，满头金发，另一位肤色浅黑，两人都很丰满结实，三十来岁，很漂亮。

海尔丁博士见那位金发新娘右手上那枚戒指箍得很深，手指上出现了一条红道道，而那位肤色浅黑的女士两只手几乎戴满了戒指。

海尔丁博士沉思片刻，向两位女士欠了欠身："你们能为我弹一首曲子么？"

浅黑肤色新娘马上弹起了一首肖邦的小夜曲。只见她的手指在琴键上灵巧地舞动着，海尔丁博士发现她左手上有三枚蓝宝石戒指和一枚结婚戒指，右手上套了三枚大小不同的钻石戒指。

她演奏完后，金发新娘接着也弹了这首肖邦的小夜曲，虽然她弹得和前一位一样优美动听，但她右手上仅有的那枚不起眼的结婚戒指却使她远为逊色。

海尔丁博士听完两位女士的演奏，微微一笑，对其中的一位说："现在请你说一说，你为什么要冒充布朗斯先生的新娘？"

海尔丁博士这句话是问谁？

（陆　沁　编译）

谜底：

是问那位珠光宝气的浅黑肤色女士。她的结婚戒指戴在左手，这是美国风俗；而那位金发女士的结婚戒指戴在右手，这是德国风俗。康拉德·布朗斯的新娘是德国人。海尔丁博士为了看清她们如何戴结婚戒指，故意让她们弹奏钢琴曲。

高速火车

一个胖胖的男人卧在铁轨边,死了。

海尔丁博士检查了一下,说:“脖子断了——也许是才死的。他是谁?”

“汤米·哈纳,纽约歹徒。”蒙那汉警官回答,“他肯定是从火车上跳下来摔死的。你想,这列火车每小时走一百英里,够快的。它每星期二夜里从东部的纽约市开往西部的洛杉矶,在大概星期三下午四点左右经过我们这儿。这是今天唯一一辆路过这儿的火车。”

“你怎么肯定他是跳车的呢?”

“是他的旅行箱告诉我的。”

“旅行箱?”

“我领你去看。”蒙那汉警官说着转过身，沿铁轨朝前走去。

走了大概五百码远，两个人看到了第一只旅行箱，里面尽是一些贵重的衣物，上面都有哈纳的名字缩写。他们又向前走了两百码，又看到了第二只旅行箱，里面尽是崭新的美元钞票。“伪钞。”蒙那汉警官说道，“显然，有人想要这些假钞票，但哈纳不想出手，于是跳了车。”

“至少有人想让我们这样想。”海尔丁博士对蒙那汉警官说道，“但尸体解剖会告诉我们，哈纳是被人拧断脖子后再扔下火车的，是他杀。”

海尔丁博士判断的依据是什么？

（陆　沁　编译）

谜底：

这两只皮箱是在哈纳尸体的西面找到的，而火车是由东向西开的，那么可以肯定，那两只皮箱是后于哈纳被扔下车的。如果哈纳是自己跳车，就该先扔皮箱再跳车。

十三朵玫瑰

威恩·海克特租用的房间只有一扇窗和一扇门，而且都在里面锁上了。警察们小心翼翼地弄开门，进入房间，只见海克特倒在床上，中弹死了。

警官打电话给海尔丁博士，向他报告情况："今天早上，第103街地铁车站那儿一个卖花的小贩打电话报警，说海克特在每个星期五晚上都要到他那里买十三朵粉红色的玫瑰，已经十个年头了，从未间断，可这两个星期他都没去，那小贩有点担心出事，就给我们打了电话。初步看来，海克特像是先锁上门窗，然后坐在床上向自己开枪。他是向自己的右侧倒下去的，手枪掉在了地毯上。开门的钥匙在他的背心口袋里。"

"他买的那些玫瑰怎么样了？"海尔丁博士问道。

“它们都装在一个花瓶里，花瓶放在狭窄的窗台上，花都枯萎凋谢了。另外，据我们分析，海克特死了至少已有八天了。”

“整个地板上都铺了地毯吗？”

“是的，一直铺到了离墙脚一英寸左右的地方。”警官回答。

“在地板、窗台或者地毯上，有没有发现血迹？”

“没有，只有一点灰尘，没有别的东西。只在床上有血迹。”

“如此说来，你最好派人检查一下地毯上的血迹。”海尔丁博士说道，“有人配了一把海克特房间的钥匙，他开门进去，打死了正站在窗边的海克特。然后，凶手清洗了所有的血迹，再把海克特尸体挪到床上，使人看上去像自杀。”

海尔丁博士为什么如此推断？

（陆 沁 编译）

谜底：

就在窗台上花瓶中的十三朵玫瑰，在房间里搁了两个星期后早已枯萎凋谢，那么在窗台、地板和地毯上应该找得到落下的花瓣，不可能“只有一点灰尘”而“没有别的东西”。所以海尔丁博士认为这些花瓣是在凶手清除血迹时一同弄掉了。

失窃的《圣经》

海尔丁博士家里的电话铃急促地响了起来。他拿起听筒，里面传来了珍本书收藏家泰德火气冲冲的声音。

“一个家伙把我藏书室门上的铰链下了下来，偷走了我一本十六世纪的《圣经》。你能马上来我的住所吗?”泰德显得焦急万分。

半小时后，海尔丁博士已经站在泰德家二楼那间小小的藏书室里了，下了铰链的玻璃门放在地毯上。

“我当时正在楼下看电视，”泰德说，“我去厨房想弄点吃的或者喝点什么，突然看见一个男子冲下楼梯跑出了大门，手里就拿着那本《圣经》。我马上追了出去，可在伐恩和大卫公司拐角处，我把他给丢了。于是我只好在公共电话亭给你打电话，向你求援。”

泰德停了一下，又说道：“藏书室的门是锁着的，我想一定是电视机的声音盖住了那家伙下铰链的声音，所以我没及时发现。”

“那本《圣经》保过险没有？”海尔丁博士问。

“是的，很幸运。”泰德答道，“可是钞票换不来这样一本书啊！”

“那么，我建议你还是把这本书拿出来，放回原处。”海尔丁博士说，“我对你的话根本不相信。”

为什么？

（陆　沁　编译）

谜底：

泰德打电话给海尔丁博士时根本没有上楼，他无从知道二楼藏书室的门到底是如何被打开的，而他在电话里却能准确说出是“门上的铰链下了下来”。

致命的一滑

一条崎岖的山路上发生了一起交通事故。海尔丁博士和警察赶到现场,两个司机受到了盘问。

其中一个司机很年轻,宽宽的肩膀,一身晚礼服一尘不染,只是裤脚口和鞋子被烂泥弄脏了。他说道:"我当时正带琼去参加一个舞会,另一辆车穿过了马路中心线,把我逼到了一边,今早下了雨,路面很滑,我的车没刹住,撞到了路边的树上。幸运的是我没伤着,可琼却晕了过去。我把她抱了起来,可就在我抱着她经过那边陡谷时,我滑了一下,她从我怀里跌了下去。这——这太可怕了!"

"我没穿过中心线,"另一个司机坚持争辩说,"我听见他的车撞出了栏杆,我赶紧刹车并回头赶去帮忙。"

“你瞧见了什么?”海尔丁博士问。

“他正抱着那个年轻的小姐,”另一个司机说,“当他走到那边时,他滑了一下,人跪了下去,那个姑娘也一声不吭地跌了出去。”

海尔丁博士检查了出事的地方,乱草、碎石和烂泥使得查找脚印的工作十分困难。站在那位年轻司机说他滑倒的地方,海尔丁博士看到了百尺深的陡谷下那女孩的尸体。他回到警察那儿,说道:“我得以谋杀罪逮捕这两个人。”

为什么?

（陆　沁　编译）

谜底:

海尔丁博士断定是这两个人一起策划了这起事故,当无人驾驶的汽车撞上树干时,他们已将那女孩扔下了陡谷。如果那年轻的司机真如第二个司机所说是“滑了一下,人跪了下去……”的话,他的晚礼服就不会“一尘不染,只是裤脚口和鞋子被烂泥弄脏了”。

北极英雄

赛里尔·马肯,这位不走运的花花公子看上去垂头丧气。

海尔丁博士说道:"我猜大概你这次又没得到某位女士的青睐。"

马肯沮丧地点点头:"我也不知道哪儿出了问题。你一定听说过摩根小姐吧?她的祖父曾和拜尔德海军上将一起航过海,她的一个表亲曾和爱格勒小组一同攀登过珠穆朗玛峰。如果你没点英雄本色,她永远不会对你有好感。圣诞前夜,我和她一起吃晚饭,我向她讲述了下面这个故事:那是圣诞节前一天的早上,我和海军上尉克拉文一同赶往海军在北极的气象观测站,突然克拉文摔倒了,大腿骨折,十分钟之后,我们脚下的冰层松动了,我们开始向大海漂去。

“我意识到如果我不马上生个火，我们都会被冻死。糟糕的是，我们的火柴都用完了。于是我取出了一个放大镜，又撕了几张纸片，把它们放在一只铁盒子上，我用放大镜将太阳光聚焦后点燃了纸片。火拯救了我们的生命。幸运的是，二十四小时后，我们被一艘经过的快艇救了起来。人人都说我是个英雄。”

“可摩根小姐不相信你的故事，是么？哈哈，毫无疑问！”海尔丁博士大笑道。

马肯的故事什么地方不对头？

（陆　沁　编译）

谜底：

在圣诞节前一天，马肯是无法利用太阳光在北极圈内生火的。因为从每年十月到大约第二年三月期间，北极圈里是没有阳光的。

博士遭劫案

一天夜里,海尔丁博士打完猎后正开车往回赶,突然照见前面有一辆小车拦在路当中。

他猛地刹住车,这时他的两个车胎炸了,前面那辆小车里立刻跳出四个戴面具的人,他们把他身上的钞票抢掠一空后,开着那辆小车一溜烟逃走了。

海尔丁博士看看地上那些尖利的钉子,无可奈何地直摇头。

他跌跌撞撞走了大概一英里路,来到一个农场主家门口,敲开门,对农场主说道:"我刚刚在前边路上被人抢劫了,我需要两个新轮胎,你能找人帮帮忙吗?"

"进来吧,"农场主说道,"我打电话报警,你请随便坐。"

农场主走进厨房,海尔丁博士听见他先打电话给警长,然后又接通了一家修车铺。

“警长和轮胎马上就到。”农场主从厨房出来时对海尔丁说道。

一小时后，海尔丁博士向警长报告事情经过，他的车子也换上了修车铺根据农场主电话里的要求送来的轮胎。

然后，警长按照海尔丁博士的建议，指控农场主因参与此次抢劫而逮捕了他。

为什么？

（陆　沁　编译）

谜底：

除非农场主事先已见过海尔丁博士的车子，不然他不会知道该向修车铺要什么型号的轮胎。

驯马师之死

清晨,海尔丁博士正在看骑手们跑马练习,突然马棚里冲出一个金发女郎,大叫着:"快来人哪！杀人啦!"

海尔丁博士急忙奔了过去。

只见马棚里,一个驯马师打扮的人俯卧在干草堆上,后腰上有一大片血迹,一根锐利的冰锥就扎在他腰上。

"死了大约有八个小时了。"海尔丁自语道,"也就是说谋杀发生在半夜。"

他转过身,看了一眼正捂着脸的那位金发女郎,说:"噢,对不起,你袖子上沾的是血迹吗?"

那位金发女郎把她那骑装的袖口转过来,只见上面是一长道血印。

“噢，”她脸色煞白，“一定是刚才在他身上蹭到的。我叫盖尔·德伏尔，他、他是彼特·墨菲，他为我驯马。”

海尔丁博士问道：“你知道有谁可能杀他吗？”

“不，”她答道，“除了……也许是鲍勃·福特，彼特欠了他一大笔钱……”

第二天，警官告诉海尔丁博士说：“彼特欠福特确切的数字是 15000 美元。可是经营渔行的福特发誓说，他已有两天没见过彼特了。另外，盖尔小姐袖口上的血迹，经化验是死者的。”

“我想你一定动手了吧？”海尔丁博士问。

“罪犯已经在押。”警官答道。

谁是罪犯？

（陆　沁　编译）

谜底：

罪犯是盖尔小姐。她自称血迹是“刚才在他身上蹭到的”，实际上那时彼特已死了八个小时，他的血已结成冰，不可能会蹭到她袖子上去。

空白的遗书

麦克·卡洛斯是一个出色的盲人侦探,眼睛正常的人都难以辨别的古币,他能靠手指的触觉鉴别其真伪。

麦克有个好朋友,名字叫艾德,两人从小一块儿玩大,关系非同一般。这一天,麦克听说艾德因猎枪走火而双目失明,便立刻去医院探望。艾德对麦克说:“拜托你一件事,我现在要写遗书,请你替我保管。”“什么? 写遗书?”正躲在门外偷听的艾德太太,一听艾德说要写遗书,立刻冲了进来。

艾德早就对自己的太太没了感情。艾德太太是个虚荣心极强的女人,她平时特别喜欢打扮交际,拚命想巴结挤入上流社会,而对家庭却很少有责任心。为此,艾德心里一直很痛苦,也后悔当初没有听从麦克的劝告,落得如此结果。艾德朝太太哼了一声,说:“假如我死了,你一定会把财产花光,所以趁现在我要立下遗嘱,送一笔钱给我弟弟。我的纸和笔放在那边,你给我拿过来。”

纸和笔就放在床旁边的桌子上,可艾德太太迟迟不拿给他,并且还讽刺说:“眼睛都看不见,还能写字吗?”“简单几个字,难不倒我。我在你面前写,总行了吧?要不,我会把全部财产都给我弟弟的。”艾德太太这才不太情愿地把钢笔和纸交给他。

艾德在床上坐起来,虽然眼睛看不见,仍流利地在纸上写下:我死后,赠给我弟弟五千镑。然后他签了名,亲自放入信封,直接交给了麦克。麦克收下遗书,匆匆告辞。

谁知一个月后,艾德病情恶化,死了。麦克立即通知艾德的弟弟,亲手把遗书交给他。谁知艾德弟弟打开一看,竟是一张白纸!“你一定是被我大嫂收买,把遗书调换了!”“胡说!我麦克重友谊、守信用。你把遗书给我看。”“你这个瞎子,看也无用!”艾德弟弟把遗书递给麦克。“一点不错,就是这张遗书。”麦克肯定地说,“上面写着:我死后,赠给我弟弟五千镑。下面还有你哥哥的签名。我是证人,你放心好了。”

为什么艾德的遗书会变成白纸?麦克又为什么能读出来?

(小　河　编写)

谜底:

艾德太太在把钢笔交给丈夫以前,迅速放掉墨水,并洗了钢笔尖。艾德双眼看不见,不知钢笔已没墨水。麦克是盲人,当时也不会发现艾德太太的阴谋。但没有墨水的钢笔写过以后,纸面上会留下笔迹轻微的凹凸痕。麦克用手指一摸,就把遗书读出来了。

丢失的邮票

海尔丁博士站在墨菲海滨住宅前的海滩上，凝神看着指向大海的一只海鸥的脚印。

“这只海鸥在三刻钟前穿过海滩，迎风而起飞向了远方，不然，它的足迹肯定在半小时前那次涨潮时就被海水冲刷掉了。”

“我的上帝，”墨菲说，“我请你赶半小时到这儿来，是为了让你帮我一起安慰安慰德科伏的，不是要你跟我大谈什么海鸥的足迹！”

“好吧，”海尔丁博士有点不好意思，在别人面前炫耀才识并不总是很自在的。“你刚才说你拥有两张世上仅有的 1857 年版的圭亚那邮票，可其中一张丢了，所以你马上给我打电话？”

“是的，我把两张邮票放在写字台上，等着德科伏来鉴定，他想以一万美元买下其中质量较好的那一张。”

“你说你写字桌后那扇临海的窗子被打开了？”

“是的。今天上午一直在刮大风，突然窗子被吹开了，一张邮票被穿堂风吹出了窗子，一直飘进了大海。幸运的是我还留有另外一张。”

“可现在一丝风都没有。”

“就在我打电话请你赶来后没一会儿，风就停了，我有什么办法。”

“如果两张仅存的邮票中的一张就值一万，那么现在剩下的这一张肯定要花掉德科伏起码两万美元了。”海尔丁博士说道，“你要我来帮你证实你的故事——可你手里还拥有那张‘丢失了’的邮票！”

海尔丁凭什么这么说？

（陆　沁　编译）

谜底：

半小时前那场风不可能把邮票吹入海中。海鸥和飞机一样，起飞时正如海尔丁博士所说，是逆风飞起的。既然海鸥飞向大海，那么那时的风就是吹向陆地的。所以穿堂风可能把邮票吹出窗子，却不可能由海风再把它吹入大海。

呼救信号

著名侦探盖伊最近一直在调查市政官员詹姆士被害案。

这天黄昏时分，他驾车来到港口，踏上一只帆船，找到涉嫌者鲍里斯。

盖伊侦探向鲍里斯打听，出事的时候，也就是那天下午 2 点到 4 点，他在什么地方。

鲍里斯歪着头想了想，说："喔，那天天气很好，中午 12 点，我顺风驾船出海办事，没料船开了两个小时，发动机就坏了，这时候海面上偏偏连一丝儿风也没有，船上又没有橹，我的船被困在大海上，无法靠岸。我一急之下，在船上找到一块大白布，于是就在上面写上'救命'两个黑色大字，然后降下船桅杆上的旗子，把这块白布升了上去。"

“喔？”盖伊侦探似乎挺有兴趣地问，“有人看见它了吗？”

鲍里斯笑着回答：“我实在太幸运了，大概半个小时以后，就有人驾着汽艇过来了，那人说他是在3英里外的海面上看见我的呼救信号的。后来，他就用汽艇把我的船拖回了港口。”

鲍里斯说完，轻轻地呼了口气。

谁知盖伊侦探却对他说：“鲍里斯，假如现在方便的话，请马上随我到警察局走一趟。你准备好了吗？”

鲍里斯的脸刹地白了：“这……这是为什么呀？”

“因为你讲的这些，我一点也不相信！”

盖伊侦探不相信鲍里斯的话，为什么？

（朱永康　编译）

谜底：

白布跟旗子一样，没有风绝不可能飘舞起来，人们当然也就无法看清楚上面的字。鲍里斯正是在这个问题上露出了马脚。

中箭之谜

段五郎刚回到家里，就接到一个报警电话，说晚上 10 点有个学生死在宿舍楼门前。

段五郎赶到现场，只见死者倒在学生宿舍楼正门外，头朝门，脚朝大道，匍匐在地上，背部垂直射进一支羽箭。显然，死者是外出归来正要开门的时候，背后中箭倒下的。

段五郎轻轻地翻动了一下尸体，发现尸体下面有三枚一百圆的硬币，在灯光的照耀下闪闪发光。段五郎随即检查了死者的衣兜，发现死者的钱夹里整整齐齐地放有十元和一百元的硬币。

段五郎站起身，问站在一旁的大楼管理员："这幢楼有多少学生居住？"

“现在正是暑假期间，学生们都回家了，只剩下小西和川本两人。这两人都是射箭选手，听说下周要进行比赛。”管理员讲到这里，抬头看了看学生楼，指着对着正门的二楼房间介绍说：“那就是川本的房间。”

“10点左右，川本从二楼下来过吗？”“没有，一次也没下楼。”管理员摇头答道。

段五郎来到川本的房间。川本刚刚睡醒，揉着蒙眬的睡眼，吃惊地说：“怎么，你们怀疑是我杀害小西吗？请不要开玩笑，小西是正要开门的时候，背后中箭死的嘛！就算我想杀死他，但从我的窗口里只能看到他的头顶，是无法射到他背部的啊！”

段五郎走到窗口，探出身子，看了一眼，便转过身，拿出三枚一百元的硬币，对川本说：“这是不是你的？也许上面印着你的指纹！”

川本一看，结结巴巴地说：“可能是我傍晚回来，不小心从兜里掉下的。”

段五郎摇摇头，对川本冷冷一笑，说：“不，不是无意中掉出来的，是你故意设下的陷阱！”说完，段五郎以现行杀人罪逮捕了川本。

住在二楼的川本是怎样谋害小西的呢？

（张　言　编译）

谜底：

川本事先把钱扔在地上，等小西回来发现硬币弯腰拾钱时，从二楼窗口朝下射箭。他是杀死小西的凶手。

识破伪证

段五郎刚从朋友处回到家里，电话铃响了，他拿起话筒，传来了山田警长的声音："喂，是段君吧，请你速来警察局，有件棘手的案子请你帮忙。"

半个小时之后，段五郎来到了警察局，径直走进山田警长的办公室。

山田警长神色忧郁地说："夜里 11 点，田町街发生了一起事故，也许是谋杀案。一个人从楼顶上栽了下来，有迹象表明是谋杀，可有位现场目击者一口咬定说，死者是自己摔下来的，他周围没有一个人。"

段五郎点点头，说："我们先去看看现场，再见见那位证人。"

他们乘一辆警车来到田町街。

一会儿，目击者被找来了，段五郎请他再叙述一遍他见到的情景。

目击者说："因为天下着大雪，我便在附近的一家餐馆里足足坐了两个半小时，当我离开时，正好是11点，大街上空荡荡的，没有一个行人。我急忙跑进自己的车里，就在这时，透过前车窗的玻璃，我看到楼顶上站着一个人，他犹豫片刻，就跳了下来。以后发生的事你们都知道了。"

段五郎紧紧盯住目击者，冷冷地说："你如果不是同伙，就是因为拿了凶手给的一大笔钱而说了谎话！"

目击者一听，顿时脸变得煞白。

段五郎是怎样识破目击者的谎言的？

（小　言　编译）

谜底：

当时下着大雪，目击者的车在外面整整停了两个半小时，目击者上车前并没有把前车窗上的雪擦掉，所以他不可能看见那人摔下来。

古瓶谜案

一天,一位少女神情忧郁地走进段五郎的事务所,说有件非常棘手的事情请求他帮助。

原来少女的父母双亡,留下一份颇丰的遗产,其中最有价值的是一只中国的宋朝瓷瓶。不料,她的叔叔看中了这只花瓶,称愿花一千万日元的代价买下来。因是父母的遗物,少女没有同意。后来叔叔说,要少女把花瓶借给他一天,让他从各个角度把花瓶拍下来,以便自己随时可以观赏,少女只好把花瓶借给了他。第二天,少女上叔叔家取花瓶时,叔叔却板下脸,说他昨天已经把一千万日元给她了,并说当时有女佣在场,可以作证。

段五郎很同情少女的遭遇,就接受了少女的请求,他对少女说:"现在你陪我去见你叔叔。"

到了少女的叔叔家，叔叔指着那只花瓶，对段五郎说："这是我花了一千万日元从她手里买下来的。我真奇怪，我明明是从皮夹里拿钱给她的，她怎么说我没有给她呢？好在我的女佣在场，她可以作证。"

"是的，"站在一旁的女佣接口说，"我亲眼所见，每张日元的面值都是一万元。"

段五郎沉思片刻，又问女佣："你确确实实看清了吗？"

"是的，我确实看得一清二楚。"

一听女佣斩钉截铁的回答，段五郎冷冷地对少女的叔叔说："姑娘说得对，你根本没有给她钱。如果你还坚持的话，那么咱们就上法庭，我可以出示证据。"

果然，叔叔一听要上法庭，立刻乖乖地把花瓶还给了少女。

段五郎是怎么识破少女叔叔的谎言的？

（张　言　编译）

谜底：

女佣说她亲眼所见，每张日元的面值都是一万元。如果真的，那么一千万日元就有一千张纸币，皮夹子里怎么放得下？这显然是谎言。

识别凶手

一天下午，在著名的帝国大旅馆里，发生了一件谋杀案。死者是个叫马莉·西本的美籍日裔女侦探，她来日本调查一起商业案件，就在她宣称破案有了突破性进展的时候，被人枪杀了。

侦探段五郎赶到现场。只见马莉倒在窗下，胸部中了两发子弹，在她的脚旁，留有一支口红，窗帘后面的玻璃上留有用口红写下的数字：809。

显然，凶手是在马莉化妆时突然闯入；猝不及防的马莉感到自己已无法逃脱，情急生智，用身体挡住凶手的目光，背着手用口红写下了追查凶手的线索。

这"809"是指谁呢？段五郎环视房间，突然他发现一只女式拎包醒目地扔在梳妆台上，顿时眼睛一亮。果然，他在拎包的缝隙里找到一张卷得很紧的小纸条。展开一看，上面写着：

马莉·西本，美国加州侦探。一周前来日本办案。近日屡次接到恐吓电话，深感自己可能遇到不测。如是，请调查下面三个人，其中一人必是凶手：史密斯 908 皇后；川上正雄 608 富士；凯利 908 帝国。

随后赶来的山田警长，望着玻璃上和纸条上的号码，失望地直摇头，说：“这些号码，哪个也不是 809，凶手肯定不是这三个人。”

段五郎略一沉思，指着纸条说：“不，山田君，凶手就是这个小子！”

果然不出段五郎所料，凶手很快被追捕归案。

段五郎破案的依据是什么？

（张　言　编译）

谜底：

被害者背靠窗，反手用口红在窗玻璃上写下“608”。由于反手关系，数字排列发生变化，“608”成了“809”。凶手就是 608。

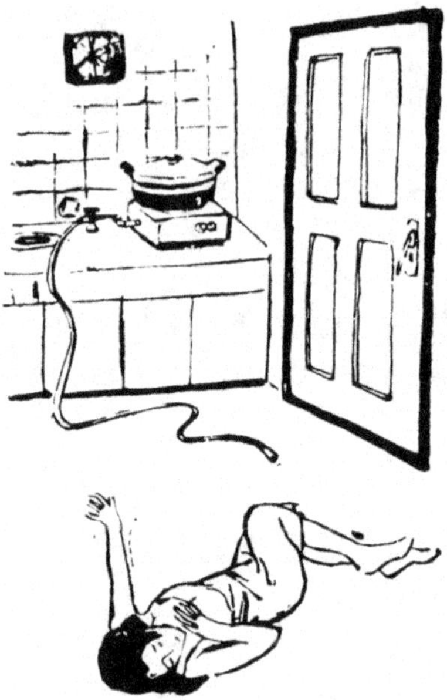

封闭的房间

一天，一位满脸愁云的少女来到私人侦探段五郎的办事处，对段五郎说，在上周二的晚上，她姐姐被煤气灶里跑出来的煤气熏死了。奇怪的是，姐姐的房间不仅窗户关得严严的，连房门上的缝隙也贴上了封条。来调查的刑警认定：别人是不可能从门外面把封条贴在里面的，这些封条只有她自己才能贴。所以警方认定，她姐姐是自杀。可少女说，她了解姐姐的性格，姐姐决不会轻生，这一定是桩凶杀案。

段五郎听了少女的陈述，试探地问道："谁有可能是嫌疑犯呢？"

少女激动地说："姐姐有个恋人，但他最近却与别的女人订了婚。他一定是嫌姐姐碍事，就下了毒手。"

“这个男人是谁?”

“叫冈本,他和姐姐住在一个公寓里,出事那天他也在自己的房间里,可他说他什么也不知道。那肯定是谎言!”

于是,段五郎和少女一起来到那幢公寓。

这是一幢旧楼,门和门框之间已出现了一条小缝隙。在出事的房门上,还保留着那些封条。段五郎四下里一瞧,便向公寓管理人员询问案发当夜的情况。

管理人员回忆道:“那天深夜,我记得听到一种很低的电动机声音,像是洗衣机或者是吸尘器发出的声音。”

段五郎眉头一皱,说:“冈本的房间在哪里?”

管理人员引着段五郎走到冈本的房门前。打开房门,段五郎一眼就看到放在房间过道上的红色吸尘器。

他转身对少女说:“小姐,你说得对,你姐姐确实是被人杀害的,凶手就是冈本!”

段五郎是怎样识破冈本真面目的呢?

(张　言　编译)

谜底:

冈本待被害者睡熟后,先在门的四边把封条贴上一半,然后打开煤气开关。他走出房间后关紧房门,然后就用吸尘器的吸口对准门缝,这样剩下的一半封条被吸尘器一吸,就紧紧地贴在门和门框上,造成了被害者自杀的假象。

寻找遗产

有一天，一位年轻女郎来到私人侦探段五郎的事务所。她对段五郎说，她有一位伯父，一直一个人生活在北海道，不幸在上月中旬因病去世。因只有她这么一个侄女，按照法律她将继承伯父遗留下来的1千万日元的财产。可是她料理完伯父的丧事后，找遍了伯父所有的房间，也没找到半分钱。最后在银行保险柜里找到了一封信，信里装着一把铜钥匙，还有一张像是写着暗语的纸条。

女郎讲到这里，便从手提包里取出一个信封，交给段五郎。

段五郎打开信封，果然看见里面有一把极其平常的铜钥匙，钥匙环上系着一个“开基胜宝”的钱币，还有一张纸条，上面写着：这把钥匙能找到我的全部财产。

段五郎拿起放大镜，一边观察着钥匙，一边问女郎："这是把什么钥匙？"

女郎摇摇头说："不知道，问了银行里的人，他们也一点不知道。但我敢肯定，一定还有一个藏钱的保险柜。"说着，女郎抬起忧虑的眼睛，"先生，求求你了，请帮我找到这笔遗产吧！"

段五郎默默地盯住钥匙和纸条，突然他眉毛一扬，问女郎："小姐，你伯父有什么爱好吗？"

女郎大惑不解地说："只听说他是一个业余考古爱好者……"

"对不起，请稍等一下。"段五郎说完，就走进隔壁的书房。

一会儿，他从书房里出来，笑嘻嘻地说："小姐，放心吧，正像纸条上写的那样，这把钥匙确实能找到遗产的下落，而且遗产已经找到了。"

女郎一听段五郎的解释，疑云顿消，深深地向段五郎鞠躬致意。

遗产在哪儿？

（张　言　编译）

谜底：

遗产就是系在铜钥匙环上的钱币。这个"开基胜宝"在日本是最古老的金币，价值至少在一千万日元以上。

谁是凶手

一天夜晚，刚入睡的私人侦探段五郎被一阵急促的电话铃声惊醒。电话是明星三木昌子的经纪人打来的，只听他仓促地说："段君，不好了，三木昌子好像被杀了！"

段五郎急忙问："什么时候？在哪里？"

"刚才，她打电话给我，没讲上一句话，只听到她'啊'的一声惨叫，随后又有倒地的声音。我急忙询问她怎么了，可是无论我如何叫唤，再也没有听到她的声音。段君，对不起，请你到她房间里去看一下好吗？"

"好，你现在在哪里？"

经纪人回答说："在自己家。我也马上乘车去。"

段五郎赶到三木昌子住处，门没有锁，走进去一看，只见起居室的电话机旁边，三木昌子倒在地上，背后插着一把锋利的刀子。电话筒扔在一边，时时传出微弱的通话断线的声音。一会儿经纪人赶来了，他一见死去的三木昌子，惊得呆若木鸡。

段五郎对他说："我来时房间里已没有其他人。她倒下时没向你说谁来了？"

经纪人摇着脑袋说："一句话也没有说，肯定是突然被杀，来不及说出什么。"

段五郎又问："那个电话是谁先打的？"

"是三木昌子往我那里打的。当时我正在看电视。"

"在通话当中，你听到了她一声惨叫，所以很担心，于是马上就给我打了电话，对吗？"

"是，是那样。"

"所以说，你确实不在被害现场啦？"

经纪人生气地大声嚷道："当然了——怎么，段君是不是怀疑我是凶手？"

"不仅仅是怀疑，肯定地说，罪犯就是你！"

段五郎凭什么判断经纪人就是凶手呢？

（张　言　编译）

谜底：

因为经纪人说，三木昌子是在和他通电话时被人杀害的，于是他马上用这个电话和段五郎通了电话，这就证明了他在说谎。因为通电话时，只要先拨电话者不挂上话筒，电话就一直处于通话状态，接电话者想再用自己的电话往别处打是打不通的。

密件被盗

段五郎接到研究所所长小岛博士的电话，说他刚接到一只恫吓电话，要他把一份绝密文件交出来，否则就要他的老命。小岛博士没有办法，只好求救于段五郎，请他晚上 8 点到他家，再详细谈谈情况。

晚上 8 时，段五郎准时赶到了小岛家里，按了门铃，却不见回音，他见房间里灯亮着，无意之中拧了一下把手，发现门竟是开着的。段五郎冲进屋里一看，只见小岛博士昏倒在沙发下面，旁边扔着一块散发着麻醉药味的手帕。

这时，只见小岛博士慢慢地睁开了蒙眬的双眼，本能地摸了摸自己的衣服口袋，失声地叫了起来："完了，那份绝密文件被人抢走了！"

段五郎一听，忙问："是什么人？什么时候？"

小岛看了看手表，说："大概30分钟前，我一边看电视一边吃苹果，听到门铃响了，我以为是您来了。不料一开门，我被两个男人用枪顶了回来，开口就问我要这份密件，我佯装不知，他们立即用手帕堵住我的嘴和鼻子，以后我就什么也不知道了。"

果然，小岛咬过一半的苹果正滚在电视机下面，电视机电源已断了。段五郎从电视机下面捡起了那只苹果，瞧了一眼，说："博士，是你自己卖给他们的吧！"

小岛一听，大吃一惊，神色茫然地说："我？岂有此理！"

"博士，你别演戏了，罪犯就是你自己！"段五郎冷冷地瞧了小岛一眼，把手中的东西扔在他面前。

小岛一看，脸色变得灰白，无可奈何地把藏在冰箱里的大包美金交了出来。

段五郎是怎样识破小岛的诡计的呢？

（张　言　编译）

谜底：

段五郎识破小岛诡计，就是靠那只苹果。原来在苹果表皮的细胞里，含有一种氧化醇素。平时，它被细胞膜严密地包裹着，不与空气接触，但一旦细胞膜破了，那氧化醇素就与空气中的氧气发生了氧化作用，结果导致苹果变了色。小岛咬过的苹果还没有变色。如果真像小岛所说30分钟前被人麻醉昏倒的话，那么苹果的颜色理应变了。

识破假象

山田警长向侦探段五郎通报，他接到国际刑警组织的通报，有一个罪犯，在哈瓦那一个月，竟五十余次潜入高级宾馆，盗走了许多旅客的现金和宝石。据可靠消息，此罪犯已抵东京，国际刑警组织请东京警事厅缉拿该犯。山田警长说到这里，从公文包里掏出一张照片，上面是一个理着三七式分头、戴着太阳镜的男人头像。山田说："这是他们凭证人的印象拼凑起来的照片，嘿，这可是大海捞针啊！"

段五郎拿过照片一看，眼睛一亮，说："这个人我好像见过。对，就是昨天刚住进这座公寓五楼八号房间里的家伙，可是发型不一样。"山田警长一听，喜形于色，忙说："不管是不是，去看看。"说完，拽着段五郎来到五楼，敲开了八号房门。

一个男子伸出脑袋，果然，和照片上的一模一样，只是发型是背式的。

山田警长冷不丁地把照片放到他面前，说："你就是从哈瓦那来的吧？"

那男子一听，忙摇头说："哪里的话，我从十年前开始一直是这个发型，照片上的发型不是三七式分头吗？你们搞错了。"

山田说："发式只要用一把木梳就可以任意地改变，你的脸晒得黝黑，就是在哈瓦那住过一个月的证据！"

男子一听，怒气冲冲地说："那是在高尔夫球场晒黑的，如果你们怀疑的话，单凭照片是不行的，请你们出示证据。"

山田一听，无话可说了。

就在十分尴尬的时候，在一旁的段五郎开口了："好，会给你证据的，现在请你协助我们做一个实验。"说完，段五郎把那个男子带到了附近的理发店。

不一会儿，那个男子乖乖地低下了头，承认自己就是那个从哈瓦那来的罪犯。

段五郎是做了什么实验来识破这个男子假象的呢？

（张　言　编译）

谜底：

段五郎把那个男子带到理发店，剃成了光头，于是三七式分头线就明显地显露出来。因为夏季要在哈瓦那住上一个月，分头线和面部一样会受到日光的强烈照射。当把头发剃光后，在青白色的光头上就会明显地显露出分头线。

疏忽的罪证

一天夜间十点左右，小岛正要入睡，忽然听见门铃响了起来。他打开门一看，只见一个瘦高个男人正冷冷地盯住他。小岛见来人正是他一再躲避的债权人中村，心里不由倒吸了一口冷气。

中村一把推开小岛，气呼呼地走进房间，抬眼朝室内环视一周，冷笑一声，说："嘿，好漂亮的公寓呀！这是用我的钱购置的吧?"接着大声威胁说："别再躲躲藏藏了，快把钱还给我，不然我只有到法院去控告你!""钱，明天如数还你。""这话算数?""请相信我。来，好久不见了，干一杯吧。"小岛一边连连道歉，一边忙着从冰箱里取出瓶啤酒。他趁中村犹豫之际，抡起酒瓶朝中村的脑袋砸去，中村连哼也没哼一声，就应声倒在了地上。

小岛砸死了中村，慌忙把尸体背到停车场，用汽车把尸体运到郊区，扔在了公园里。他返回家后，立即来个彻底大扫除，用毛巾擦掉留在桌子和椅子上的指纹，连门上的把手也擦得干干净净，直到觉得房间里再也不会留下中村的痕迹了，才长长地吐了口气。

第二天一早，小岛刚起床，就听到一阵“咚咚咚”的敲门声，他打开门一看，竟是山田警长和段五郎侦探。

山田警长脸色严峻地问道：“今天凌晨，我们在公园里发现了中村的尸体，在他口袋里的火柴盒后面写着你的地址。昨晚中村来过你家吗？”

小岛忙说：“昨晚谁也没有来过，我已经一年多没有见到他了。”

这时，站在一边的段五郎淡淡一笑，说：“不要说谎了，被害者到这来过的证据，现在还完好地保留着……”

没等段五郎把话说完，小岛声嘶力竭地叫道：“在哪？拿出证据来！”

“安静点，瞧，在那儿！”小岛顺着段五郎指的地方一看，顿时吓得面如土色，在那里确实留下了中村的指纹。

你能知道中村的指纹留在什么地方吗？

（张　言　编译）

谜底：

原来，小岛只擦去了中村在其他地方留下的指纹，而忘了擦去中村留在电铃键上的指纹，所以一早山田警长他们来时，没按电铃而是敲门，就是为了不致破坏其指纹。

花园谋杀案

一天清晨，东京保险公司总裁小岛像往常一样在别墅的花园里散步，突然被一位蒙面刺客开枪打死。闻讯赶来的山田警长在死者的保险箱里，发现小岛的死与其两个兄弟和一个姻兄有关，于是便来到小岛姻兄关山的家里，入手调查。

关山刚起床，正在花园里锻炼。山田警长对他说："关山先生，刚刚发生了一件惨案，你的兄弟被人杀死了。"

关山一听，惊恐地叫了起来："不可能！我昨天晚上还和小岛在一起，才过了一个晚上就死了？太不可思议了！"

山田警长点点头，说："小岛确实死了，我们希望你能够提供一些线索。"

关山沉思片刻，说："小岛与他的两个兄弟关系非常紧张。

哥哥因家财和他闹得很僵，听说要上诉到法院裁决；弟弟好像和他的太太关系暧昧，他十分恼火，早就扬言要报复他的弟弟。依我看，这两个兄弟都有杀人的动机。”

山田警长认真地听他叙述，随后把他从头到脚打量一番，说：“关山先生，怎么不谈谈你自己的情况呢？你不是一直非常嫉妒小岛有钱有权吗？”

关山一听，脸涨得通红，生气地说：“请你不要胡言，我不否认，但你也不能认定我就是凶手呀！”

“别想得太天真了，最值得怀疑的不是别人，恰恰是你！”

关山极力掩饰，但仍掩盖不住自己内心的惊慌。果然，在他家里搜出了凶器。

山田警长是怎样识破关山的伪装的呢？

（张　言　编译）

谜底：

小岛家里有三个兄弟。山田警长到关山家调查时，根本没有告诉他死者是谁，而关山却一口就说出死者是小岛，这就说明关山事先必定知道。山田抓住这个破绽，从而打开缺口，一举破获了此案。

死者的声音

一天傍晚，山田警长接到电话，说在银座后街一栋公寓的五楼发生了一起凶杀案。山田立即带上助手赶到现场，只见被害者田村伏在桌子上，头部中了一发子弹，桌子上还有一只录音机，死者的手指指向它。

助手看了看录音机，就按下放音键子，这时录音机里传出了田村的声音："我是田村，舟坂刚才来电话，说要我的命，并警告我说，周围已布满杀手，电话已切断，要逃走是不可能的。我现在已听到他走来的脚步声，门开了……"田村的话突然断了，紧接着就听到"砰"一声枪响，以后录音带里再也没有声音了。

年轻的助手对山田说："警长，被害人已提供线索，我马上去逮捕舟坂。"

山田沉思一会儿，摇摇头说："不，我认为凶手不是舟坂，而是别人制造的假象，陷害舟坂。"

助手大惑不解："难道连被害人自己讲的证据都不可信？"

山田说："不是不相信被害人的话，而是这些话根本不是被害人自己说的！"

果然，由于没有被假象引向错误的方向，真正的凶手很快就被捉拿归案了。

山田警长是凭什么来识破凶手布下的假象的呢？

（张　言　编译）

谜底：

凶手显然不是舟坂。如果录音带里的话是田村临死前录的话，那么不可能一按放音键就传出他的声音，显然是凶手把他杀害后，模仿他的声音录了音，然后再把录音带倒回。

智擒恶汉

一天,实习警官土肥装扮成擦鞋匠,在路口警觉地观察来往的人们,原来有个穷凶极恶的杀人犯已潜入这座城市。

这时,一个穿一件黑上衣的壮汉来到土肥面前坐下,伸出两只穿着脏皮鞋的脚,说:“小伙子,快擦干净,我还有急事呢!”

土肥见来了顾客,忙收回目光,刚抬起头,他呆住了:来者不是别人,正是他要抓的那个杀人犯。

没等土肥回过神,那个壮汉又说:“小伙子,你再磨蹭,当心我揍扁你的脑袋!快!”壮汉一边说,一边凶狠狠地盯住土肥,高大壮实的身躯,把椅子压得“吱吱”直响。

土肥擦着皮鞋,心里暗想:怎么办呢?拔枪,肯定要被对方察觉;用手里的刷子击他,笑话,凭他那高大的身躯,不费吹灰之力就能把自己揍扁……

想着想着，突然计上心头。片刻，他猛地抬头，朝前面叫道：“山田警长，罪犯在这里！”

“混蛋！”壮汉怒不可遏，手里握着手枪，猛地从椅子里跳了起来，不料身子却“扑通”一声栽倒在地，脑门狠狠地碰在地上。

说时迟那时快，土肥拔出手枪，紧紧地瞄准罪犯的脑袋，迫使他乖乖就擒。

土肥是用什么办法制服罪犯的呢？

（小　言　编译）

谜底：

土肥利用擦皮鞋的机会，迅速把壮汉的两根鞋带牢牢地系在一起，罪犯受惊站起身时，身子失去平衡，倒在地上。

奇怪的脚印

一个雨过天晴的夜晚，在A公园的运动场中心躺着一具穿木屐的尸体，死者的颈部插着一把小刀；潮湿的运动场上，明显地留有被害者的木屐和一个小个子女人高跟鞋的脚印。可令人大惑不解的是：死者木屐的脚印是从东侧一个化学研究所的值班室里来到运动场中心的；而那个高跟鞋的脚印，是从公园南侧的大门进来的，可是在尸体处，高跟鞋的脚印就完全消失了。

和山田警长同来的年轻警官觉得非常奇怪：怎么会没有留下凶手逃跑的脚印呢？山田警长一言不发，带着助手仔细查看现场。

死者的身份很快调查清楚了，是化学研究所的技师山本幸男，那天夜里轮到他值班；穿高跟鞋的小个子女子叫黑川美和子，他俩正在热恋中。但据掌握的情况看，死者最近突然和别的女子结婚了，美和子很可能就起了杀心。

山田警长很快传讯了黑川美和子："昨天晚上，你是不是到化工研究所值班室找山本幸男？"

黑川美和子点点头，说："是的，我在8点左右就回来了，那时天还下着雨呢，难道你们怀疑我吗？"

山田警长眼睛紧紧盯住黑川美和子，说："是的，现场上高跟鞋的脚印和你的完全一样。"

美和子一听，用嘲讽的口气说："就算是我，那我是怎么从运动场上没有留下脚印就逃走呢？正像你看见的那样，我也有两只脚，又不是幽灵。"

山田警长嘿嘿一笑，说："怎么，你对自己的诡计还很自信？你要是不坦白的话，那我就说给你听！"山田警长一边审视着黑川美和子，一边推理。很快，黑川美和子脸色变得苍白，再也不吱声了。

黑川美和子是用什么花招掩盖了她的脚印呢？

（张　言　编译）

谜底：

黑川美和子是倒着走出运动场的。

现场上留下的高跟鞋印，是美和子犯罪后从现场离去的脚印。她和山本幸男来到运动场时，谎称脚痛，求山本幸男背着她从值班室来到运动场，到运动场中心时，她将小刀刺进了山本幸男的颈部，将他杀害了。因此在现场只留下山本幸男的木屐脚印。

孪生兄弟

一天，一个放高利贷的老太太在家遭歹徒袭击，头颅破裂，倒在右边大立柜前20公分处，已身亡。尸体旁留有一根1尺半长的木棍，木棍的一头沾满血迹，经化验，木棍上没有留下凶手的指纹。

负责此案的山田警长查看了老太太的账本，发现有个叫木村的人借了老太太一笔很大数目的款项，由于一直拖着不还，老太太已写好上诉书，将他上诉法院。目击者也提供线索，他们看见在案子发生的时间内，这个借款人木村匆匆离开老太太的家。

不料，等山田警长赶到木村家时，顿时傻眼了，原来木村是一对孪生兄弟，左撇子叫木村一郎，右撇子叫木村二郎，面孔一模一样，证人分辨不出谁是案件发生时离开老太太屋子的凶手。

山田警长去段五郎办事处请教。

段五郎仔细看了老太太受害的照片后，指着其中的一个说："请你去抓这个凶手吧！"

山田警长根据段五郎的意见，果然将真正的凶手逮捕归案。

凶手是谁？段五郎凭什么判断他是凶手呢？

（张　言　编译）

谜底：

凶手是左撇子木村一郎。原因是老太太死在靠右边墙的立柜前面，只有20公分距离，因此用右手手持1尺半长的木棍猛击老太太头部是不可能的，只有用左手猛击，才能致老太太于死地。

被害地点

一个星期日的早晨，著名的乒乓球评论家宫原正彦在自己的书房被枪弹击中胸部致死。

山田警长赶到现场时，先来的警察已把现场检验完毕。

他问："隔壁的邻居听到枪声了吗？"

"没有。这个书房窗子是双层玻璃的，声音传不到外面。"

这时书房墙上的挂钟"当当当"地敲了十下，山田警长望着挂钟问："死亡时间确定了吗？"

"是昨晚9点03分。因为我们来时书房里的收音机还开着，正处在录音状态。我们把磁带倒回来一放，磁带录的是昨天晚上巨人队对阪神队的棒球比赛。"说着警察打开了录音机，喇叭里传来了比赛的实况转播。突然两声枪响，随之又听到一阵呻吟声，但是比赛并不受影响，还在激烈地进行着。

警察关掉了录音机，说："枪声是在进第四个球之前响的，所以我们询问了电视转播台，他们说当时是昨夜 9 点 03 分。"

山田警长听完后说："那样的话，被害人就不是在这个书房里被打死的，而是在别处。"

"为什么？"

"罪犯是在其他场所一边录音一边把被害者杀死，然后把尸体和录音机一同移入这个书房，伪装成在书房被杀的样子。"

"可是，警长，我们已把这盘磁带连听了好几遍，没有发现罪犯在别处作案的证据啊！"

山田警长微微一笑，说："那么，再好好听听这盘磁带吧。"

你能在现有的录音磁带上发现线索吗？

（张　言　编译）

谜底：

既然能录进枪声，那么也能录进书房里挂钟的敲钟声。现在磁带上没有敲 9 下的钟声，从而证明宫原正彦是在别处被害的。

投毒之谜

一天夜晚，三个男子在“香香”餐馆喝酒，突然停电了，店内顿时一片漆黑，店主立刻吩咐招待员取出蜡烛。不一会儿，这三位客人在烛光下继续喝着啤酒。

就在这时，只见其中一个男子痛苦地呻吟起来，不一会儿就气绝身亡。经过检验，在他的啤酒杯里发现了毒药，这是一种极可怕的液体烈性毒药，只要接触到皮肤，就可导致死亡。

山田警长一边查看现场，一边问店主：“停电是偶然发生的吗？”

“不是的，三天前，供电局就在附近的电线杆上贴出了通知。”

很明显这是桩预谋凶杀案，凶手可以利用停电的瞬间，迅速将毒液放入被害者的杯中。于是山田警长检查了另外两人所带的物品。

嫌疑犯 A:香烟、火柴、手表、感冒药、月票、现金。

嫌疑犯 B:手表、手帕、口香糖、日记本、钢笔、现金。

查来查去,没有发现线索;店内彻底搜查,也毫无结果。据店主说,这两个人一步也没有离开桌子,因此也排除了把装毒药的器具扔到外面的可能。

山田警长又回到了放着物品的桌前,眼睛紧紧盯住这些东西,突然他眼睛一亮,说道:“凶手找到了!”

凶手自以为掩饰得巧妙,但最终没能逃脱山田警长鹰隼般的眼睛,只得老老实实地认罪。

你能判断出谁是凶手吗?

(张 译 编译)

谜底:

凶手是嫌疑犯B,他事先把毒液装在金笔里,在停电的一刹那,他迅速拔出金笔,把毒汁滴进死者的杯子里,使之中毒死亡。

致死之谜

上午 10 点左右，某公寓管理员突然听到公寓二楼里“砰砰”传出两声枪响。他刚要上楼看看发生了什么事情，只见从楼梯上冲下来一个手执手枪的蒙面大汉，一溜烟跑到楼外，坐车逃走了。平时这个公寓白天无人，管理员只得一个人提心吊胆地上楼。当他走到 209 房间时，发现门缝里流出来一摊血，门上留有子弹穿过的窟窿。他大吃一惊，一边喊着：“石川先生！石川先生！”一边用手敲门，可是喊了半天，里面没有一点动静。管理员立即向警察报告。

一会儿，山田警长带着警察赶到了公寓，他们打开 209 房间，只见一个男人倒在地上，面部中了两发子弹，显然被害者是在开门前被隔着门的手枪击中的。管理员一见死者，吃惊地说死者不是石川，因为石川是个最次轻量级的职业拳击家，身高只有1米50，而死者身高足有1米80。

由于死者脸部中了两发子弹，已难以分辨，经过取他的指纹，没想到死者竟是前几天从M银行里席卷了五千万巨款而逃的通缉犯西泽三郎。

山田警长来到拳击练习场，找到了石川。石川一听西泽三郎被杀，脸上陡然变色。他说西泽三郎是他中学的同学，昨夜突然来到他家，要求借宿。石川悲伤地说："西泽三郎一定是代替我被杀的！""代替？""上周拳击比赛，有人威胁我，让我在比赛中只要故意输给对手，就给我五十万日元，不然就要我付出代价，我拒绝了。他们把西泽三郎当成了我……"没等石川把话说完，山田警长一挥手，说："不要再演戏了，你是帮凶！是你导演了西泽三郎被杀案，目的是想夺取他身上的五千万日元！"石川一听，顿时怔住了，乖乖地戴上了手铐。

山田警长是怎样识破石川的谎言的？

（张 言 编译）

谜底：

被杀的西泽三郎是1米80的大个，而石川只是1米50的小个，显然凶手是在知道西泽三郎的身高之后，才能开枪击中他的脸部。

照片秘密

一天，横滨市的一个公寓内发生了一桩杀人案，一个男子被杀。经法医鉴定，这个男子死于下午2点。

调查结果，发现了一个嫌疑犯，可是这个嫌疑犯有证据证明，他没有作案的时间。

愁眉苦脸的山田警长拿出一张嫌疑犯以A公园的钟塔为背景骑着自行车的照片，放在茶几上，对段五郎说："这张照片就是他的证据，他说这是那天他用自己的相机请别人替他照的相。"

段五郎一看，点点头："的确，这个钟塔是A公园的。时针是指2时。但你能确定是那天照的吗？"

"有人在那天上午9点和下午4点在公园门口见过他。"

"那么说，他没有作案时间是成立的。但是你认为他肯定是凶手?"

山田无可奈何地说:"我有足够的证据,说明他有犯罪动机。可是由于没有他在现场的证据,所以不能断定凶手肯定是他。"

段五郎又瞧了瞧照片,问:"从 A 公园到杀人现场,骑自行车大约需要多少时间?"

"大约要一个半小时。"

段五郎抬起头,对山田说:"是吗?这个谜解开了,他就是凶手。照片是那天照的,然而他把底片反洗了,这样上午 10 点拍的,就变成了下午 2 点拍的。"

段五郎一针见血地识破了他的诡计。

那么,其证据是什么呢?

(张　言　编译)

谜底:

照片上的自行车链条是反的。

把底片反过来印洗时,被拍摄的物体全部左右颠倒过来,10点的时针就变成了2点。同样,自行车的链条也就左右颠倒了。

歌手疑案

星期五晚上9点半钟光景,一幢公寓的管理员给警察局打来报警电话,说是发现流行歌手白坂千代子的房间里漏出煤气味道。等警察赶到,打开房门一看,只见白坂千代子已经死于客厅,煤气仍在不断地从煤气灶里“嗞嗞”冒出来,整个房间充满了浓浓的煤气味。

法医断定:白坂千代子死亡时间是在晚上8点半。经调查,发现了一个嫌疑犯,可是他不在现场,没有犯罪时间,因而无法逮捕他。

负责此案的山田警长感到案情棘手,就向段五郎请教。

段五郎听了调查的情况后问:“嫌疑犯是谁?”

“电影制片厂的厂长高木。他在白坂千代子的演出费用中抽走了三千多万元。他怕事情暴露，就在那天晚上7点钟左右，带着冰淇淋盒子来拜访千代子，在7点50分左右，公寓管理员亲眼见他离去，他到了K电视台，一直在摄影棚里干到晚上10点以后。因此他不在现场是成立的。”

段五郎瞧瞧神色黯然的山田警长，说：“尽管如此，你还是认定那个高木是凶手吧？”

山田警长点点头，答道：“是的，他给被害者服了安眠药，又在煤气灶上做了手脚。可是他在漏煤气的40分钟前已离开，这就叫人糊涂啦！”

段五郎沉思片刻，说：“问题就出在冰淇淋盒子上。”

果然，段五郎一下子揭穿了凶手的诡计。

那么，凶手使用了什么手段，使煤气在40分钟以后外漏呢？

（张 言 编译）

谜底：

高木在让白坂千代子服了安眠药睡着之后，将冰淇淋盒子里的冰紧紧地塞进了煤气灶的橡皮管子里，然后打开煤气开关，逃离现场。这样一来，煤气管的出口虽然被堵上了，但冰块会一点点融化，40分钟后，煤气就从橡皮管口漏出来了。

找回银杯

一天下午,一家古董店的老板松本,发疯般地跑进警察局,气急败坏地对山田警长说:“太可怕了,不到10分钟时间,我就倾家荡产了!”

原来松本的一位老朋友来看望他,松本知道这位老朋友酷爱古董,就把最珍贵的一只银杯拿出来给他观赏。别看已有数百年的历史,这只银杯仍光亮照人,像新的一样。老朋友捧着银杯,看得爱不释手,最后,还是恋恋不舍地告辞了。松本送走朋友后,刚想把杯子放回保险柜时,身后传来一阵急促的脚步声,还没等他回头,就听见有人吆喝:“别回头,你一动我就开枪。”随后,来人用枪管顶着松本的背脊,命令松本把银杯从肩上递给他。

山田警长点点头，问："你没有回头？"

"是的。"

"后来呢？"

松本哭丧着脸说："后来我听不到动静，回头一看，他早已无影无踪了，我就直朝这里跑来了。"

山田宽慰地对老板说："别伤心了，这个城里喜欢古董的没有几个人，这个罪犯跑不了，他现在还在马路上闲逛呢！你等着，我们一定不会让这个罪犯跑掉的。"

第二天上午 10 点，松本接到山田的电话，让他马上到古董爱好者俱乐部去一趟。一进门，松本就在一大群人里指着一个瘦高个青年大叫起来："就是他！昨天就是他抢了我的银杯！"

那个瘦高个青年跳了起来："你不能随便诬赖好人，拿出证据来！"

"不要再耍花招了，你的面孔早就印在松本的眼睛里了！"

高个子青年傻眼了，明明松本没回头，松本怎么知道他的长相呢？

你说呢，这是为什么？

（张　言　编译）

谜底：

松本在把那只银杯从肩上递过去时，杯子上映着罪犯的容貌。松本据此识别了罪犯。

舞星之死

一天早晨,年轻警官急匆匆拿来一张纸条,对山田警长说:“警长,又碰到麻烦事情了!”

原来这是张威胁舞星小春的匿名信,威胁她不要参加今晚举行的舞蹈比赛,不然今晚便是她的末日。小春觉得这次舞蹈比赛关系到她在舞坛上的地位,执意要去,因此她请求警察局给予保护。

山田接受了小春的请求,比赛开始前,先带了一批警察去赛场。

很快轮到小春上场。为了增加安全感,她的经纪人和艺术指导特地在她周围安排了很多伴舞,不给凶手有作案的机会。

山田也混在伴舞圈内,警惕地环视四周,年轻的警官坐在中间包厢里，聚精会神地从高处监视着舞台上的动静。包厢里还坐着擅长弹三弦的幸吉，为了替小春助兴，他一边观看，一边弹着三弦。

不久，舞蹈达到了高潮，就在小春翩翩起舞的时候，突然她惊叫一声，倒在地上。山田一看，忙转过身扶住小春，这时他发现有一根6公分长针样的毒箭刺进了她的脖颈。埋伏在剧场里的便衣立刻拉开一条戒严线，对每个人进行搜查。

可是查来查去，没有发现谁有射出毒箭的工具。年轻警官无可奈何地摇摇头说："这个凶手插翅飞走了。"

山田摇摇头说："他没有飞走，凶手就在那里！"山田一言道出了凶手。

凶手在哪里？

（张　言　编译）

谜底：

凶手就是坐在包厢里拉三弦助兴的幸吉，他利用弹三弦的弓弦向小春射出了毒箭。

浴室里的女尸

一天夜晚,武彦三郎接到姐姐打来的电话,说有要紧事情让他马上到她家里去。

原来她姐姐碰到一件棘手事情。她的朋友川崎文子今晚有事住在她家里,可是这位朋友睡觉前洗澡时,突然心脏病发作,死在浴缸里。武彦三郎的姐姐不敢通知警察局,怕警察局怀疑是她杀了川崎文子而引起麻烦,因此求武彦三郎把川崎文子送回她单身住的别墅的浴室里,就像在那里死的一样。

武彦三郎把川崎文子送到她的别墅时,天已大亮。幸好别墅坐落在树林中间,没有被人发现。武彦三郎悄悄地把川崎文子放到浴缸里,打开热水器,让浴缸里放满了温水。接着他把川崎文子的衣服挂在衣架上,把手提包和高跟鞋放到适当的位置,随后便悄悄地离开了别墅。

当天下午3点左右，川崎文子的尸体被别墅管理员定时巡视时发现了，很快报告了警察局。法医检查后说："死因是心脏病，自然死亡。"

正在现场调查原因的山田警长忙问："是什么时候死亡的？"

法医说："更详细的情况需要解剖尸体才能断定，不过大约是在晚上9点到11点。"

山田警长环视四周，沉思片刻，说："如果肯定是死于心脏病，又是这个时间，那么这个浴室不是现场，肯定是谁怕尸体引起麻烦才运到这里来的。"

武彦三郎有什么疏忽，使山田警长肯定尸体是从别处运来的呢？

（张 言 编译）

谜底：

是由于没有打开电灯而知道的。如果川崎文子是昨晚9点到11点之间入池后猝然死去的，那么浴池里的电灯一定是开着的，只要不是盲人，夜间就不会不开灯进到浴池里。武彦三郎把尸体运到别墅时，天已大亮，因此，他根本没想到要开灯。

坠崖之谜

一天，富士山林区有个管理员正在管辖区巡视，突然他的目光停留在陡峭的斜坡下面，只见一个人一动不动地躺着。嘿！又是一个自杀者。这种事儿已经司空见惯，变成白骨的自杀者，一年里总能遇上几个。

不过，管理员还是报了案。

一会儿，山田警长赶到现场。一查看，死者是从三十余米高的悬崖上摔下来死的，死者后脑处有个裂口，长 5 公分，深 5 毫米。翻过尸体，除了发现压在身下的一封遗书之外，干净得连足迹都没有。

管理员对山田介绍说："这几天没刮风下雨，死者什么东西都不会少。"

随同来的年轻警官拿着死者留下的遗书，抬头望了望三十余米高的悬崖，说：“死者是从悬崖上跳下来死的，是一起自杀事件。”

山田警长凝视着死亡现场，摇摇头说：“不，死者不是自杀，而是他杀！”

果然，半个月后，这起凶杀案件被侦破了。

山田凭什么说死者不是自杀，而是他杀？

（张　言　编译）

谜底：

如果是自杀，整天没下雨，那么在坠崖处应留下血迹。而现场没有血迹，这只有在人死亡后坠崖才会这样，因为坠崖前全身血液已经凝固。显然，死者在坠崖前已被人害死了。

少女之死

一个没有月亮的夜晚，山田警长和一个年轻警官走近一座桥时，突然听到一个女人恐怖的喊叫声："救命！救命！"山田警长忙朝桥上冲去，只见一个缠着黑头巾的男人比他们抢先一步迅速跨过栏杆，跳进河里潜逃走了。桥面上横着一个漂亮的姑娘，胸口上刺着一把匕首，已奄奄一息了。年轻警官忙叫唤："喂，醒一醒，这是谁干的？""米町街——曲日大院—松—"姑娘说到这里就咽气了。

他们赶到米町街上的曲日大院，发现这个大院住着两个带"松"字的男人，一个是看手相的松助，另一个是木匠松吉。

松助是个剃着和尚头的矮胖子，他穿着皱巴巴的睡衣，一边喝着黄酒，一边开玩笑说："让我给你们算个卦，来猜猜凶手吧。

嘿嘿嘿……”

山田摇摇头，带着年轻警官来到木匠松吉的家里。只见松吉裹着被子正在睡觉，他的发型末梢有点斜，地上的水盆里泡着一堆衣服。

年轻警官一看，眼睛瞪圆了，大声喝道：“喂，松吉，是你杀了姑娘，跳河逃走的吧？”

松吉瞪着吃惊的眼睛，连连摇头。

“你赖不掉，这盆衣服就是你刚才犯罪的证据！”

松吉急忙辩护说：“别开玩笑，这衣服是我明天准备洗的。”

年轻警官用眼光盯着他说：“别装傻，这衣服是你跳进河里弄湿的！”

这时，在一边观察的山田警长止住了警官，说：“松吉是无辜的，真正的凶手是松助。”果然，不出山田警长所料，凶手是松助。

山田警长凭什么来判断凶手不是松吉而是松助呢？

（张　言　编译）

谜底：

松吉的头发没有湿，这就证明他无罪。因为凶手是跳河逃走的，从头到脚应该都是湿的，衣服可以换，头发却一时干不了，而看相的松助是和尚头，只要用毛巾一擦就干了，所以松助才是凶手。

外甥的疑惑

“我很担心我舅舅菲利普，”斯蒂芬的声音在电话里听来很是着急，“今晚我们约好一同吃晚饭，但他没来。你是否介意半小时后到他住处和我见面？”

海尔因博士同意了。当斯蒂芬坐出租车到达菲利普的住处时，海尔因博士已候在门厅了。

“我舅舅认为最近这几天他被人盯上了，”斯蒂芬说道，“他在他的私室里有一大笔现金，是藏在墙壁里的保险柜中的。不幸的是，他对此事并未完全守口如瓶。”

“你今晚有没有试着给他打电话？”海尔因博士问道。

“他吃晚饭时还没来，我就给他家打了个电话，但没人接。”

于是他们两人坐电梯到十四楼，直奔菲利普的房间。门没锁，只有门口厅室里一盏灯亮着。

海尔因博士建议说：“最好看一下密室。”

斯蒂芬点了点头，在前面领路。他在黑洞洞的密室门口停了一下，说：“那一角有个落地灯。”便走进了黑魆魆的屋子，一会儿，落地灯打开了，房间里顿时明亮如昼。放在书桌后面的保险柜门打开着，斯蒂芬站在前面墙角，一手还放在落地灯上，脸上露出惊慌恐惧的表情，他的舅舅卧在地板上，未被挪动过。

斯蒂芬跨过他舅舅的身体回到门口：“他——他死了？”

海尔因博士跪到菲利普身边，说道：“不，他脑袋上遭了狠狠一击，但不致命——你真是幸运！你布下迷魂阵企图让我误入歧途。然而在最后一刻，你还是证明了你自己正是罪犯！”

斯蒂芬在哪儿露了马脚？

（陆　沁　编译）

谜底：

在离开落地灯时，斯蒂芬是“跨过他舅舅的身体”回到门口的。那么，在他去开灯时，他肯定也要跨过他舅舅的身体才行。但是只有当他事先知道他舅舅已卧在地板上时，才有可能在伸手不见五指的黑暗中去开灯而不被绊倒。

智识凶手

美国总统罗斯福曾当过私人侦探。冬天的一个夜晚，罗斯福接到考古学博士卡恩打来的电话："罗斯福先生，不好了，古代玛雅文明的黄金假面被盗窃了。已派秘书去接你，请速来研究所。"

两小时后，一位秘书驾着汽车来到罗斯福家，罗斯福立即上了汽车。年轻的秘书一边开着车，一边向罗斯福讲述："被盗的黄金假面，是从墨西哥的尤卡坦半岛古代的玛雅金字塔里发掘出来的，现为亿万富翁A氏所有，卡恩博士是为了研究才将它借来的。"汽车在路上足足用了一个半小时，才到卡恩博士的研究所，其时是深夜11点。

秘书请罗斯福在客厅稍事休息，并说："博士在二楼研究室，我这就去请他。"说完，就上楼去了。罗斯福刚要坐下，就听到楼上传来惊叫声："哎呀！不得了啦！博士自杀了！"

罗斯福大吃一惊，飞快地奔上二楼，只见天花板下的铁管上拴着一根绳子，博士的头颈套在里面，用来垫脚的椅子摔倒在脚下。室内除写字台、书橱等研究用具外，还有一张铺着电热毯的简易木床，其他别无陈设。

"他大概是感到黄金假面被盗，责任重大，才自杀的吧？"秘书说着，脸色吓得苍白。

罗斯福摸了摸死者的面颊和手，说道："嗯——尸体还挺热。"他感到奇怪：室内相当冷，怎么死者的体温与生前几乎完全一样？

"可能就在我们回来之前自杀的。"

"嗯……这样的体温，表明人死后还没有超过一小时。"

罗斯福想，死者可能会留下遗嘱。他连忙把博士的工作服口袋检查一下，发现仅有半块没吃完的锡纸包着的巧克力，但已经融化了。他拿着它，思忖着，顿时起了疑团。罗斯福指着秘书说："哼！原来杀人犯就是你！你在开车来接我之前，先将博士杀死，然后再把他伪装成上吊自杀。由此看来，盗窃黄金假面的也是你。"

请问，罗斯福是怎么知道秘书就是凶手的？

（裴彦贵　编写）

谜底：

秘书杀死博士，并造成他自杀假象，然后就用电热毯将吊着的尸体紧紧裹着，一切弄妥之后，才去接罗斯福。三小时后，秘书与罗斯福一同回到研究所。他先让罗斯福在会客室等候，自己走上二楼，迅速把电热毯取下。这样即使死去了三小时，尸体也不会变凉。但是由于放在口袋里的巧克力随着身体一起变暖而溶化，罗斯福因此识破了秘书的诡计。

出色的业余侦探

被人们称作亚布纳叔叔的，不仅是个出色的牧场主人，而且还是一个非常活跃的业余侦探。

这是夏天的一个下午，太阳刚刚下山，亚布纳叔叔骑着高头大马，由郊外的荒野往城里走去。半路上，忽然发现一个青年人被绑在一棵枯树上，死了。这青年的嘴巴被堵着，脖子上被生牛皮做成的绳子绕了三圈，因此窒息而死。

亚布纳叔叔解开绳子，把尸体放在马背上，来到保安官的办公室。

检验后，保安官推定该青年死亡时间是下午四点左右。

第二天，保安官根据线索抓住一个嫌疑犯。可这个人反抗说："我有充分的证据可以证明，从昨天中午起一直到晚上，我一直呆在城里，根本没有作案时间。”嫌疑犯说完，果然列出许多自己当时在城里的证明，保安官只好将他放了。

亚布纳叔叔知道后，立即赶来对保安官说：“我可以断定，杀害青年人的罪犯就是他！”接着便向保安官揭穿了凶手的险恶手段。

亚布纳的根据是什么？

（小 河 编写）

谜底：

原来凶手在上午就将青年人绑在枯树上，用浸湿的牛皮绳在他的脖子上绕了三圈。当时并没有紧到使其窒息的程度，但湿的牛皮干燥后会收缩，到了下午，牛皮绳在太阳暴晒下越收越紧，结果把青年人慢慢地勒死了。这是一种十分残忍的杀人手法。

无赖与懒鬼

在一家小酒店的角落里，坐着两个邋里邋遢的人，一个是无赖雪特，另一个是懒鬼华莱。

“喂！我们去海滨别墅度假，有兴趣吗？”无赖雪特问懒鬼华莱。

华莱满脸疑惑，摇摇头：“别开玩笑了！”

“真的，”雪特把声音放得很低很低，“我打听到有一幢房子的主人去瑞士滑雪度假去了，要到月底才回来，我们住进去，吃、住全部免费供应，还有威士忌和香烟享用。”

华莱还是一个劲地摇头：“我才不干这种傻事，在又冷又黑的屋子里，即使有吃有喝也不会舒服，说不定还要被人抓住呢！”

雪特嘲讽地笑着：“傻瓜！像这种上等住宅里都有取暖器，

窗上都装有百叶窗，你想开多少灯就可开多少灯，一丝光都不会透出去，谁会发现！”

华莱一想倒也是。

于是当天夜晚，他俩蹑手蹑脚地溜进了海滨别墅，他们看到屋内铺着深色厚地毯，冰冷的身躯顿时热烘起来。雪特忙打开冰箱，拿出两只肥鸭搁在餐桌上，让冰化掉。

好几个小时过去了，一切都平安无事，舒服极了，雪特点燃了壁炉里的干柴，屋子里更暖和了。华莱懒洋洋地坐在桌边，一边啃着香脆的鸭腿，一边在看精彩的电视节目。

就在他们尽情享受时，门铃突然响了起来，门外进来两位巡逻警察，他们嗅嗅烤鸭的香味，晃晃两副丁当作响的手铐。

警察是怎么发现他俩溜进海滨别墅的？

（一　言　编译）

谜底：

雪特犯了个大错误：他点燃了干柴。一幢别墅，主人已外出，而屋顶上居然冒出缕缕炊烟，很明显地被巡逻警察发现了。

是谁害死了她

玛姬小姐的父亲死了,她只能跟后母住在一起。她只盼着后母快点去世,以便夺取父亲留下的全部遗产。可是后母的身体非常健康。

但是有一天,后母突然中毒,幸亏医生抢救及时,才使她恢复了健康。

事后,她对玛姬说:"我知道是你投毒想害死我,我只是考虑到我家的声誉,才不去报警。我真想把你赶出去,可你父亲在遗嘱中又不许我这样做。但不管怎样,我必须采取一些措施。"

后母说到做到,立刻改造了她的房间,换上新的锁,加上铁门,一日三餐吃罐头,喝罐装的矿泉水,并每周请医生来检查一次,但只同意医生量体温和搭脉,不吃药物和打针。

可奇怪的是半年后，后母还是因为体内毒素累积而死。

调查这件案子的是一对父子侦探。

儿子小昆了解了情况后，对正在检查现场的父亲说：“你不必检查这妇人的卧房了，在那儿是不可能找到毒药的。”

他父亲不明白地问：“那么你说，谁是主谋，他又是用什么方法毒死这位细心的妇人的？”

儿子小昆说出的一番话，使他父亲恍然大悟。

（小　河　编写）

谜底：

下毒的人是医生。他受到玛姬的诱惑，每次在给妇人测量体温时，在体温表的尖端涂了无色无味的毒药。积少成多，慢慢积到了致死的数量。

绑票者的真面目

在一个深秋的夜晚，洛杉矶市 G 董事长的儿子突然被绑架了，凶手开口要五万美元的赎金。

他在电话里说："必须将纸币用普通纸包装，从邮局寄出，地址是：查尔斯顿市伊丽莎白街 2 号，西迪 · 卡塞姆收。"还威胁说："假如事先调查地址或报警，就当心孩子的性命。"

董事长非常惊慌，为了顾全孩子，他只得委托私人侦探鲁 · 亚查帮忙。

由于事关小孩的生命，亚查也不能轻举妄动，他乔装成一名书店的推销员，到凶犯所说的地址调查。结果，他发现凶手说的城名是真的，而地址和人名却完全是假的。

难道凶犯不要赎金吗？他为什么要留下假地址、假人名呢？

凶犯又怎样收到赎金呢？亚查细细一想，终于发现了这宗绑票凶案的真面目。

凶犯落网了，亚查救出了被挟持的董事长的儿子。

你能猜出凶犯是谁吗？

（小　河　编写）

谜底：

凶犯是赎金寄达地点的邮局的邮递员。因为除他以外，没有人能够收到，而且也不会引起怀疑。至于具体地址、人名的真假，当然就无所谓了。

聪明的警察

七月的某市，像一只火炉。来自佛国的一尊玉身佛像，正在这里的博物馆展出。

下午三点多，正是参观高峰时间，只见一名游客背着一架照相机，打着一把晴雨伞，随着人流走进博物馆，趁别人不注意的时候，躲进了大厅的帷幕后面。

一小时以后，博物馆停止入场。又过了半小时，待游客全部离毕，两名警察四下察看了一下，便关上大门，也下班回家了。那个躲在帷幕后面的游客不见动静，便爬了出来，奔到佛像前，从自己带着的晴雨伞伞柄中抽出一架特制的折叠式钢叠梯，又从照相机套子里拿出一尊赝品，然后攀着钢叠梯爬上去，换下佛像，又躲回到帷幕下。

第二天，下起倾盆大雨，但博物馆里依然有很多游人。窃贼趁人不注意，从帷幕后面钻了出来，他看到游人都在欣赏他的赝品，不由露出狡黠的笑容。他神气活现地撑开伞，跨出了博物馆的大门。

就在这时，迎面走来一名警察，看了他一眼，突然把他叫住了，问他昨天躲在大厅里干什么。

窃贼支支吾吾说不清，于是被带到办公室，警察从他的照相机套里搜到了真正的佛像。

警察聪明在哪儿？

（沈　勇　编写）

谜底：

小偷撑开的晴雨伞伞面是干的，说明他不是当日进博物馆的。

谁是告密者

一天，一个小偷来到W公寓，按了一下5楼508室房间的门铃，没有一点声响。他俯下身，刚想用万能钥匙打开房门时，房里传出了一个女人的声音："请稍候。"紧接着，她提高嗓门问了一声："谁？"一会儿门开了一条缝隙，露出了一个漂亮的脸蛋。

小偷一见，忙用力推开房门，一闪身挤进房间，用背顶着门。女郎一见，是个陌生的男人，惊恐地叫道："你想干什么？请出去，不然我要叫警察了！"女郎话还没说完，小偷像饿虎扑食一般，冲上来紧紧扼住女郎的脖子。女郎拚命挣扎，一脚踢倒了身旁的小桌，上面的电话掉在了床上。不一会儿，女郎反抗越来越弱，最后无声无息地倒在了床上。

小偷见女郎昏死过去，忙拿过她的手提包翻了起来，从里面找到50万日元。随后他掏出包里的钥匙，刚要打开衣柜的抽屉，突然，房门被打开了，冲进来两个警察。他们看了看倒在床上的女郎，说："是你杀她的吧？你被逮捕了！"

小偷望着明晃晃的手铐，呆住了。他想：我作案到现在从来没有这样栽过跟头，杀死这个女人不过5分钟，窗户关着，帘子挂着，墙是厚实的，女人的喊叫外面肯定听不见，是谁告的密呢？

如果你知道，请赶快告诉这个还在莫名其妙的小偷。

（张　言　编译）

谜底：

小偷在按门铃时，那个女郎正在和朋友通电话，她说"请稍候"这句话是对电话中的朋友说的，因此她与小偷搏斗时，话筒摔了下来，她的喊叫通过话筒传到朋友那里，她朋友马上报告了警察局。

睡美人之谜

一天，电视女明星山口由里子的男朋友找到一个朋友，求他去杀死这个女明星。因为这个女明星在一次大爆炸中，炸瞎了眼睛，又毁了容貌，男朋友觉得让她活着，实在是在活活地折磨她，所以产生了让她结束生命的想法。

他告诉朋友说："你晚上9点30分去，这时护士已查完房离去，把她扔出窗外，留下她的指纹，一定要造成自杀的假象。"

刚过了10点，那位朋友气喘吁吁地跑了回来，说是完成得非常漂亮。

可是第二天，"山口由里子之死"的消息见报了，警方已确认是他杀，并开始调查。

男朋友急忙找到那个朋友，问他："昨晚的事，你发生了什么差错?”

朋友也莫名其妙，回忆说：“没有啊，我潜入病房时，她双目缠着绷带，躺在病床上，我悄悄地把她抱起来，从窗口扔了下去。一切都很顺利，有惊无险。”

男朋友想了想，问：“当时她没有大声叫喊吗?”

“没有，她只是轻轻地打着呼噜，睡得很香。为了制造假象，我特地在窗上留下她的指纹。”

显然，一切做得天衣无缝。

警方为什么能准确判断山口由里子的死是他杀呢?

（张　言　编译）

谜底：

那天夜里，山口由里子从医生那里要了安眠药，吃了以后就睡着了。因此，在她被人抱起从窗外扔下去的时候，她当然没有醒来。服了安眠药而酣睡着的病人是不会自己去跳窗自杀的。

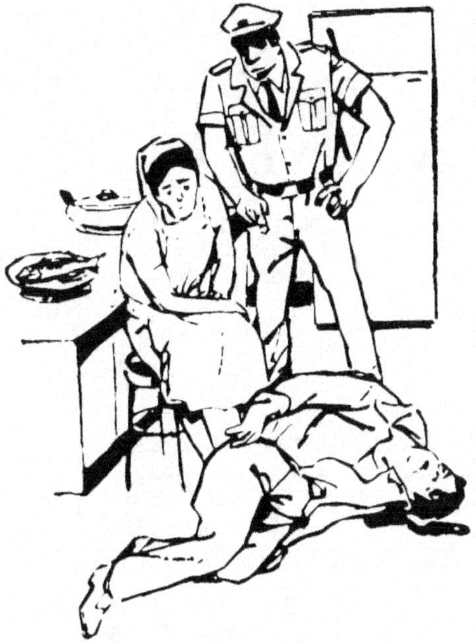

凶器之谜

一个星期三的中午,公寓的管理员正在打扫院子,这时从8号房间里传出一个女人歇斯底里的喊叫声。不一会儿,争吵声越来越激烈:“畜生,我杀了你,把你杀了,我和你一起去死!”只听女的像疯子一样举起棒子猛击丈夫,这时,窗户里传来丈夫断断续续痛苦的呻吟:“救、救救我,打、打……”

管理人员怕发生意外,便马上报告了警察局。很快,警察赶到了公寓。他们上了楼,进到屋里一看,在狭小的房间正中,年轻的主人穿着睡衣,脑袋上淌着血,倒在地上死了,显然是被棒子猛击头部致死的。可是在尸体旁边没有发现凶器。

警察问呆在一边的女人:“你用的东西呢?”可是女人的嘴巴好像被封住似的,只是机械地摇着头。警察们搜查了室内各个角落,可是能够代替棍棒用的凶器,连一个瓶子也没有发现。煤气灶上正在蒸一条大青鱼,冰箱中也几乎是空的。而且,令人不解的是,根据管理员和二楼其他住户的回忆,女人一步也没离开过自己的房间,也没有开窗向外扔凶器。

那么,她是用什么杀害丈夫,事后又把它藏在什么地方了呢?

（张　言　编译）

谜底:

凶器是一条大青鱼。女人从冰箱里拿出一条冻得像石头一样硬的大青鱼,砸死了丈夫之后,又立即把鱼放在煤气灶上蒸熟。

杀人诡计

一天，一个左撇子青年找到一个职业杀手，拿出一张照片给他看，又从鼓鼓的提包里掏出一叠钱币，对职业杀手说："请你尽快干掉他！"

职业杀手端详着照片，斜视了一眼钱币，问："让他怎么见上帝？"

青年冷笑道："最好是车祸。"

职业杀手掂了掂钱，说："死于车祸得要花费一定的周折，报酬是要增加的。"

青年点了点头："只要干得漂亮，报酬多少都可以。"

"好，够意思，我们干一杯，来代替合同的签约吧！"说完，他转身从冰箱里取出啤酒，斟满了两大耳杯，随后递给了青年一杯。

只见青年迟疑着，没有接手。

“怕酒里有毒？好，你看我喝。”职业杀手说着，一仰头一气喝下半杯，随后把酒杯递给了青年。

那青年接过酒杯，还是有点犹豫，职业杀手不高兴了：“这杯酒等于是合同，既然你不愿喝，那就取消合同吧！”

青年一听急了，只得端起酒杯，一点一点地喝下去。但是没喝多少，那青年突然捂住胃“啊哟、啊哟”地叫了起来，杯子从手中滑了下来。

职业杀手阴森森地朝他一笑，说：“不是我想害你，我已有前约，有人要我杀死你。”

“谁？是谁？”青年喘着气，挣扎着问道。

“就是你给我看的这张照片上的人，他知道你想杀他，便先下手为强。”

话音刚落，那青年身上的毒性发足，身子晃了几晃，倒地身亡了。

请你想一想，为什么同一杯酒，职业杀手喝下半杯安然无恙，而那青年却会被毒死呢？职业杀手用的是什么诡计？

（张　言　编译）

谜底：

职业杀手利用了青年是左撇子这一特点。他自己用右手端杯，而青年是用左手。因此，尽管是同样的杯子各喝了一半，因为拿杯子的手不一样，嘴唇接触杯子的边也就不一样。职业杀手伺机将毒药涂在青年喝酒的那一边，使他中毒身亡。

骗人的把戏

沙里尔·马克是一位大学教师,他和少女葛拉迪·布鲁斯特悄悄相爱了两年,然而最近一段日子,沙里尔越来越感到他和葛拉迪的关系出现了裂痕。因为葛拉迪是一个热情奔放的姑娘,爱好滑冰、游泳,可沙里尔却懦懦弱弱,对室外运动丝毫不感兴趣,整天钻在书堆里,戴着一副厚厚的近视眼镜,两人经常说不到一块去。

为了讨好葛拉迪,这天,沙里尔来到著名的重量级拳击师罗基家中,掏出2000美元,说明了来意:"是这样的,我的未婚妻说我一向懦弱。这次,我要安排一个机会,由你向我挑战,然后同我较量,但你必须输给我,怎么样?"

罗基"吃吃"一笑:"这个交易不错。"

“那就这么办了！”

星期天，罗基如约来到和沙里尔约好的公园，沙里尔和葛拉迪都在一张座椅上坐着。罗基上前对葛拉迪出言挑逗，动手动脚。沙里尔上前指责，罗基却嘲笑他像个小鸡。

沙里尔气极了，摘下眼镜顺手放进胸前口袋里，举起拳头向罗基扑去。葛拉迪尖叫起来。

罗基出拳凶狠地朝沙里尔身上猛击，然而沙里尔却十分敏捷，抽空一记左勾拳把罗基打倒在地。罗基按事前说好的那样，躺在地上痛苦地呻吟着。

“我们走吧。”沙里尔从胸前的口袋里掏出眼镜戴好，挽起了葛拉迪的手臂，他惊奇地发现，葛拉迪眼睛里露出了少有的敬慕的光芒。

然而，他们刚坐上出租车，葛拉迪的脸色就变了，大声指责沙里尔：“你骗人，这次打架是你们事先编好来骗我的！”不论沙里尔怎样解释，她就是不相信。

葛拉迪凭什么断定沙里尔和罗基是在骗她？

（陆　沁　编译）

谜底：

葛拉迪知道那位拳击师没有真用力打沙里尔。因为虽然他凶猛地朝他身上猛击，却连他胸前口袋里的眼镜都未击碎，这对一个重量级拳击师来说是不可能的。

www.ingramcontent.com/pod-product-compliance
Lightning Source LLC
Chambersburg PA
CBHW060826120626
46557CB00001B/381
9787532114863